Sonya
ソーニャ文庫

堕ちた聖職者は花を手折る

山野辺りり

イースト・プレス

contents

序幕

おそらくもう二度と会えないことは、分かっていた。

「必ず生き延びなさい。大丈夫、お母様がすぐに迎えに行くから、安心して待っているのよ」

それが、優しい嘘だということも。

昨日まで王太子だった少年と母である王妃が、永遠の別れを交わすには寂しすぎる王宮の裏口で、二人は固く抱き合った。

人目を忍んだ別離に立ち会う人間は少ない。

ごく少数辛うじて粛清《しゅくせい》を免《まぬが》れ生き残った側近の、すすり泣く声が聞こえた。護衛と呼ぶにはあまりにも粗末な装備に身を包んだ兵士たちは、真っ赤になった瞳を幾度も瞬いている。

それぞれ、自身の無力さを噛み締めているのだろう。これから訪れる更なる悲劇を見据える彼らの前に、絶望だけが横たわっていた。

「――必ずや、私どもがレオリウス様をお守りいたします」

「ええ。もはや頼れるのは、ここにいるあなた方だけ……この子をよろしくお願いいたします」

慈悲深く誇り高い王妃に懇願され、その場にいる者全員が堪えきれずに嗚咽《おえつ》を漏らす。本来であれば彼女は、夫である国王にすら頭を下げる必要もない貴い身分だ。それが、ただ一人の息子のために誇りも何も擲《なげう》とうとしている。

おそらく今後王妃を待ち受けるのは、耐えがたい屈辱と恐怖であることは、理解しているにも拘わらず。

そしてそれは、まだ八歳のレオリウスもおぼろげながら察していた。

「お母様……」

母の白く美しい手を放したら、全てが終わりだ。自分は母の犠牲の上に生き恥を晒《さら》すことになる。そんなことは、子供心にも到底許容できなかった。けれど。

「愛しているわ、レオリウス。貴方は私と愛しい陛下との子供だもの。――必ずこの国のために何としても生き延びると誓ってね」

震えながらも息子のために微笑《ほほえ》もうとする母を前にして、『嫌だ』などと言うことができるわけもなかった。

夫を喪《うしな》った悲しみが癒える暇《いとま》もなく、我が子の命を救うため、母はあのケダモノに自らを売り渡した。哀れで貴い行為は、何よりもレオリウスのためなのだ。それを分かっていながら、何の力もない自分にこれ以上何ができたのか。

口にできる言葉すら思い浮かばない。

レオリウスは涙を堪えることが精一杯で、せめて母の姿を眼に焼き付けようと努力した。

潤んだ視界の中、それでも美しい母の頬に透明の滴が伝う。

どうしてこんなことになったのか――という問いは無意味だ。

愚かな疑問は、数えきれないほど頭に浮かび、その都度答えの出ない迷路に迷い込んできた。だが確かなことはひとつだけ。

アルバルトリア国の王であった父は自身の弟に殺され、レオリウスは王太子の座を追われた。

今玉座に座っているのは、簒奪者《さんだつしゃ》であるあのケダモノだ。そして母は、夫の喪も明けないうちに新たな王の妻になった。――息子を守るために。

「――必ず、僕がお母様を助けに参ります。どうかそれまで――」

「心配しないで、レオリウス。あの男に私を害することなどできません。……願いはたったひとつ。母は貴方が無事であれば、いいのです」

紛れもなく、それが彼女の本音。

嘘偽りのない、正直な気持ちだろう。他には何ひとつ希望などないからだ。

夕刻の空は、今にも泣きだしそうな分厚い雲に覆われている。湿った冷たい空気が、重く淀んでいた。

太陽も月も星も見えない天はどこまでも陰鬱《いんうつ》で、今生《こんじょう》の別れに影を落とす。吐き出した呼気が白く漂い、音もなく消えた。

「――王妃様、そろそろ……」

控えめに促す兵士の声に頷き、母は一度強く眼を閉じた。

「分かっています。どうせあの男は、どこかから私たちを見て嘲《あざわら》っているのでしょう。あまり時間をかけては、後々難癖《なんくせ》をつけられかねません」

こうして我が子を見送ることさえ、やっと許可が出たのだ。当初は誰一人立ち会いを禁じられ、古びた馬車一台が手配されただけだった。

「お母様……！　僕は……！」

「忘れてはいけませんよ。貴方こそが紛れもなくアルバルトリアの王となる身。今は辛くとも誇りを失わず堪え忍ぶのです。必ず、機会は巡ってきます。それまでじっと待ちなさい。そして――貴方の『乙女』を見つけ出しなさい」

最後に固く抱擁され、耳元で囁かれた言葉にレオリウスは眼を見開いた。

聞き返そうとしたが、一瞬早く小さな馬車に押し込められてしまう。遠くで耳障りな男の声が聞こえた。なかなか戻ってこない『妻』に痺《しび》れを切らし、母子の別れに水を差すつもりなのだろう。

その声の主が姿を現す前に、馬車は動き出した。

「お母様……！　約束いたします。僕は絶対にお母様を……！」

手を振る母の姿がどんどん遠ざかる。その背後に憎い仇《かたき》が現れる頃には、もう二人の顔も見えなくなっていた。

王族が乗るとはとても思えない粗末な馬車の中、従者もなくレオリウスは拳を握り締め、歯を食いしばって涙を堪える。

どうしてこんな惨めなことになったのか。

理由はハッキリしている。自分に力がなかったからだ。

あまりにも矮小《わいしょう》で非力な子供だから、守られることしかできなかった。こうして命だけは辛うじて救われたけれど、それすら母の自己犠牲によるもの。

結局のところ父も母も、そして国さえもあの男に奪われただけ。

現実は残酷。どう言い繕っても、レオリウスは王位継承権をはく奪《だつ》され、神殿に押し込められ一生を神に捧げることでどうにか処刑を免れた身だった。

「……僕が弱いから……未だに『乙女』を見つけられない、役立たずだから……！」

全部失った。

最後は仇の気まぐれな慈悲に縋《すが》り、命からがら逃げだしたのだ。母を生贄《いけにえ》にして――

悔しい。屈辱と憎悪でおかしくなる。

だが、仮に自分が王宮に残ったところで、何もできず殺されるだけだと分かる程度に、レオリウスは聡明だった。母の献身を無駄にしたとしても、事態は好転しないことも、嫌というほど理解していた。

だからこうして惨めに敗走するしかないのだ。

「……泣かない。泣くものか」

そんな権利は自分にはない。

大勢の犠牲の上に繋がれた命。ならば精々生き長らえてやる。

今後どんな苦難にぶつかったとしても。どれほどこの手を汚し、泥水を啜《すす》ったとしても。

誰を利用し、裏切ったとしても。

十にも満たない子供は、美しい碧の瞳を昏《くら》く濁《にご》らせた。

1　宝物の時間

ユスティネが神殿で働くようになって六年。

立派な巫女になるべく修行に明け暮れる少女たちを横目に、今日も朝から掃除やら洗濯やらで神殿内を駆け回っていた。

下働きの朝は早い。水仕事で手はボロボロになる。それでいて衣食住が保証される代わりに給金はないも同然だった。

「――ユスティネも私たちと一緒に巫女になればいいのに」

「なりたいって言ったからって、なれるものでもないでしょう。素質がないとね。それに、亡くなった両親の遺言なの。普通の家庭を持って、幸せになってほしいって。巫女になったら、結婚は難しいじゃない？　出会いもないし」

これまで何度も交わされた会話に、ユスティネは苦笑した。

神に仕えるための修行は厳しいものだが、少なくとも朝から晩まで働いて指先があかぎれだらけになることはない。

ひび割れた指先に薬を塗り込むユスティネを見て、巫女になったばかりの少女が唇を尖らせた。

「確かに出会いは皆無に等しいけど……願い出れば還俗《げんぞく》だって可能よ？　ラスアルヴァ神も『乙女』様も寛容だもの。それにもしも王族付きになれたら、神殿を出て王宮で暮らせるのよ。優秀な巫女を増やすために、婚姻も推奨されるし」

「そうね。でもいいの。私には巫女になるよりもこうして働いている方が性に合っているから」

「欲がないわねぇ……まぁ、もうかれこれ十年以上も王族付きの巫女は新たに選ばれていないけど……」

国や国民の安寧を願い、ほとんど一日中祈りを捧げる彼女たちを立派だと思っている。

特に神の声を聞くことができる優秀な巫女ともなれば、王族専属になって祭儀を執り行い、人々の尊敬を集める。

しかしユスティネは、『無意味なのでは？』という思いも捨てきれなかった。

勿論、そんなことは口にできない。あくまでも心の中で思っているだけだ。

信仰心の篤いアルバルトリア国でそんな発言をすれば、たちまち白い眼で見られるに決まっていた。

――でも祈っていれば救われるなら、とっくの昔に神様は私たちに手を差し伸べてくだざるんじゃないの……？　こんなことを考えてしまう私がおかしいのかな……

この国は、もう何年も前から情勢が不安定だ。はっきりと状況が悪くなったのは、十五年前から。いや、本当はそれ以前にも不穏な芽は顔を覗かせていたのだろう。

前国王が崩御し、新たに王位についたのは彼の弟だった。

王太子だった幼い息子は廃嫡され、その後どうしているのかユスティネは知らない。ひょっとしたら、生きていない可能性もある。

それくらい、彼の消息については噂のひとつも聞かないのだ。

――まぁ、下手に居場所が知られたら、元王太子様を担ぎ出して、現国王様を引き摺り下ろそうという動きが出かねないものね……

暗殺を恐れ身を隠しているのか。それとも既に亡きものとされてしまったのか。

どちらにしても、この国の現状を憂えて、ユスティネは深く嘆息した。

現国王グラオザレは、間違いなく愚王だ。政策は悉《ことごと》く失敗し、民は困窮するばかり。近年では農作物の不作が続き、飢え死にする者が増える一方。更には疫病が各地で流行っているのに、薬すらろくにない。

それでも王家は民を顧《かえり》みず、毎年税を上げていき、贅沢の限りを尽くしているらしい。王を諌《いさ》める臣下は閑職に追いやられ、運が悪ければ一族皆殺し。そのせいで、今や王の近臣には追従する人間しか残っていない。

これでは未来に希望を持てという方が無理だった。

ユスティネは顔も知らない、生きているのかも分からない元王太子のことを思う。

――もしも私が救いを求めて祈るとしたら……何もしてくれない神様よりも正統な後継者である王子様にだわ……

きっと彼さえいれば、ユスティネの両親も死なずにすんだ。

国の荒廃に翻弄されたのは、自分たち家族も例外ではない。安住の地を求めさすらううちに、父も母も病を得てユスティネが十二歳の時に亡くなってしまった。以来、こうして神殿の下働きをして何とか自分は生きながらえている。

「ユスティネがそう言うなら仕方ないけど……ああ、いけない。もうお祈りの時間だわ。今年こそ国王様と王妃様のお子様が誕生するようにラスアルヴァ様に聞き届けてもらわなきゃ！」

「……そうね」

グラオザレ国王は今年で五十歳。王妃は四十一歳だ。不可能ではないけれど、難しいことは誰の眼にも明らかだった。

若い側室を迎え入れ、子を産ませることはできるだろう。しかしそれでは意味がない。アルバルトリア国では王位継承権は王妃の腹から生まれた者にしか与えられないのだ。

そして王妃になるための条件はひとつだけ。

神に選ばれた『乙女』の証《あかし》を持っていること。身分と出自は一切問われなかった。

――もっとも、その証がどんなものなのかは、王家のごく一部の人たちしか知らないけど……

　下手に公開すれば、『自分こそが乙女である』などと悪用されかねないが故に、下々の者にはどういった方法で『乙女』が選出されるかの公表はされていないのだ。

　しかしアルバルトリア国は代々そうして血脈を繋いできた。

　選ばれし人である王と、神から与えられた聖なる『乙女』が対となり、国を治める。『乙女』は神殿に仕える巫女たちの頂点にある存在だ。だからこそ国民から尊敬と敬愛を集めている。

　おそらく国王夫妻で政治と信仰の要《かなめ》を押さえるということなのだろうと、ユスティネは解釈していた。

「それじゃユスティネ、またね」

「……うん。お勤め、頑張って」

　笑顔で去ってゆく友人の巫女を見送って、ユスティネは持っていた洗濯物を抱え直した。

「……もしもこのままグラオザレ国王様にお子が生まれなかったら、どうなってしまうのかしら……」

　つい漏れてしまった呟きを耳にした者はいないが、ユスティネは慌てて周囲を見回した。

もしも誰かに聞かれれば、不敬罪として罰せられかねない。

　こんな恐ろしいことを口にすれば、処刑されてもおかしくなかった。

　一向に王妃が子を孕む気配がなく、国王も焦っているのだろう。このままでは王家が途絶えてしまう。

忌まわしい想像に、ユスティネはブルリと背を震わせた。

同時に、悪化する一方の国情を思い、いっそ滅んでしまった方がいいとも考えて頭を左右に振る。

——とんでもないことを考えちゃ駄目。

先の見えない不安は、人の心を荒ませる。

——王妃様は神が遣わした『乙女』様だもの。その方が国王様の傍にいるなら、きっといつかは事態が好転するはずよ……

たとえ彼女が、本来は先代の国王の伴侶だったとしても。代替わりの際に、息子ではなく夫の弟を指名したのは王妃自身。ならば神の意もグラオザレにあるということ。

モヤモヤする思いに蓋をして、ユスティネは洗濯場へと向かった。

身体を動かしていれば、余計なことは考えずにすむ。大量の洗濯物と格闘し、繕い物と掃除を片付け、昼食を取り終えた頃には、ユスティネはすっかり元気を取り戻していた。

いくら自分が思い悩んだところで、何も解決しない。ユスティネはまだ恵まれているのだ。

神殿の中で暮らしていると忘れがちになるけれど、国内ではあちこちで争いの火種が燻《くす》ぶっている。いつ爆発してもおかしくない導火線が、そこら中に転がっているのも同然だった。

住むところがあって、飢えずにすむ。それだけでも感謝しなければ。文句を言えば罰が当たる。

――今の時代、普通の幸せが一番難しいのかもしれないな……

「――ユスティネ、話があるので少し時間をいただけますか？」

午後の仕事にとりかかろうとしていた時、背後から声をかけられユスティネは振り返った。

「ミルカ様。かしこまりました、すぐに参ります」

神殿内で暮らすのは、巫女だけではない。男性の聖職者も大勢いる。主に王妃である『乙女』に関することに携わるのが、女性である巫女たち。それは神殿の果たす役割の一端であり、男性聖職者は全てを包括する立ち位置だ。

巫女は占いなどができなければなれないが、男性たちは違う。

そして彼らを束ねる高位聖職者がミルカ。皺《しわ》だらけの顔で柔和《にゅうわ》に微笑む小柄な老人に、ユスティネは深く頭を下げた。

「そんなに焦《あせ》らなくても大丈夫ですよ。ではこちらに来てください」

「は、はい……」

彼に促され、ユスティネは男性聖職者たちの暮らす棟へ足を踏み入れた。普段はあまり来ることがない場所だけに、つい視線をさまよわせてしまう。

男女の居住区は明確に分けられており、下働きであっても簡単に行き来はできないのだ。

聖職者の結婚は禁じられていないが、極力間違いが起こらないようにという配慮なのだろう。男性棟の下働きは基本的に男性か高齢の女性が担うのが慣例だった。

共有部は図書室や礼拝堂など。ユスティネがミルカに呼び止められたのは、まさに図書室の整理を始めた時だった。

「こちらです。お入りなさい」

奥まった場所にある部屋に通され、落ち着かない心地で椅子に腰を下ろす。室内は個室を持つ高位の巫女たちの居室と大差なく、簡素な造りだ。それでも微《かす》かに空気感のようなものが違う。

男性棟の個室に入ったのが初めてであるユスティネは、興味深く執務机や壁に視線を走らせた。

「仕事中に呼び出して、悪かったね」

「あ、いいえ。お気になさらず……それで、私に話とは、何でしょう?」

ユスティネは神殿に勤めて六年。ここで働く者としては長い方だが、所詮は下働きだ。ミルカほどの地位にある聖職者から直々に声をかけられることはあまりない。しかも巫女からならまだしも、男性聖職者からというのは珍しかった。

「君が真面目で口が堅いことを見込んで、頼みがある。今から話すことは、絶対に他言無用にしてほしい」

「え……は、はい。分かりました……」

何やら重大なことを持ち掛けられる気配に、ユスティネは背筋を正した。真剣な面持ちの彼に手招きされ、テーブル越しに身を乗り出す。

「実は、君にあるお方の世話をしてほしいのです。これまで担っていた者が、身体を壊し続けられなくなってね。本来であれば男性が望ましいのだが、他に適任者が思いつかず、困っています……」

「え……わ、私がですか？」

男性の下働きは人数が少ない。度重なる内乱によりそもそも若者が減っており、わざわざ給金が少なく仕事がきつい職に従事する者がほとんどいないからだ。働き盛りの男性であれば、女性よりも仕事は選べる。また、高い志があれば世俗を捨てて聖職者になることを望む者がほとんどだった。

「ええ。誰でもいいというわけにはいかないので、信頼が置ける人物に頼みたいのです。ユスティネはこの六年間誠実に働いてくれました。急な話で戸惑うと思いますが、引き受けてはもらえませんか？　給金もこれまでより多少は良くなります」

それは魅力的な申し出だ。正直なところ今のままでは貯蓄など夢のまた夢。ユスティネの生活は、決して楽なものではなかった。

「あの……ありがたいお話です……ですが私はいったいどなたのお世話をすればよろしいのでしょう？」

聞けばきっと断ることはもうできない。

ここまでの話の流れから、相手がただの高位聖職者ではないことは察せられた。内密にお仕えしなければならないほどの人物が思い当たらず、ユスティネは秘かに喉を震わせる。

――――いったいどなたなの？　まさか貴族の方？

稀《まれ》に良家の子息で俗世を離れ、神に仕える身になることを望む者もいる。とはいえ、初めは一聖職者に過ぎず、いきなり特別扱いはされないだろう。だとすれば――――

「引き受けてくれると考えていいのだね？」

ミルカの言葉にユスティネが頷けば、彼はホッと息を吐きだした。

「良かった。――――どうぞお入りください」

後半は、ユスティネが入ってきたのとは別の扉に向け放たれた言葉だった。廊下に面したものではない扉の奥は、続き部屋になっているらしい。静かに開かれた向こうには、一人の若い男性が立っていた。

「彼女の名はユスティネです。これからはこの者が貴方様のお世話を務めます」

椅子から立ちあがり深々と頭を下げたミルカに対し、青年はにこやかに微笑んだ。その様子を眼にして、ユスティネは啞然とする。

この神殿内にミルカよりも上位の聖職者などいない。彼は物腰の柔らかい老人ではあるが、こんなふうに恭順を示すところをユスティネは一度も目撃したことがなかった。

――――この方は何者……っ？

身に着けた服は祭服。格好だけならば、下位の聖職者たちが着ているものと同じだ。

しかし身体の線を適度に隠す服であっても、均整の取れた体躯は隠しようもない。絞られた腰の位置が高く、脚の長さが窺える。清潔感のある禁欲的な装いにも拘《かかわ》らず、およそ神に仕える者とは思えない華やかな雰囲気にユスティネは圧倒された。

更にこの国では珍しい男性の長髪がどこか浮世離れしている。

年の頃は二十代半ばだろうか。もっと若いのかもしれないが、妙に落ち着いた佇《たたず》まいが彼を年齢不詳に見せていた。

驚くほど整った容姿に、ユスティネの眼が釘付けになる。これほどの美丈夫《びじょうふ》、今までお眼にかかったことがない。

何よりも眼を惹くのが――――

「……銀の髪に、碧い瞳……っ」

あまりにも特徴的なそれらが示す事実はひとつだけ。

「王族の方ですか……っ？」

アルバルトリア国で輝く銀の髪に宝石のような碧い瞳を持つ者は他にいない。これは正統な王家の血を引く者にしか現れない聖なる色とされていた。たとえ伴侶である『乙女』がどんな髪の色や瞳の色をしていても、生まれる子は必ず銀と碧を持っていると言い伝えられている。

現国王のグラオザレも例外ではない。だが今現在、その特色を有している王族は、他にいないはず。ましてこんなに若い青年など――――

そこまで考え、ユスティネは双眸《そうぼう》を見開いた。

「まさか……っ、行方不明と言われている王太子様ですか……っ？」

「元、だよ。過去の話だ。でもやはりこの姿ではごまかしようがないね。驚かせてすまない。髪を染めるくらいかまわないと僕は思うんだが、ミルカ様が頑として首を縦に振ってくれなくてね……」

容姿の優れた人間は、声まで秀でているらしい。

思わず聞き惚れそうになる美声に、ユスティネの肌が反射的に粟立った。背筋を擽《くすぐ》られたかのように、ゾクゾクと愉悦《ゆえつ》が駆け上り、惹《ひ》きつけられる。何もかも。

思わず立ちあがっていたユスティネは、彼から眼を離せなくなった。

「レオリウス様……貴方様の髪色は高貴なもの……染めるなど冒瀆でございます」

「けれどこの容姿のせいで、隠れて暮らすことしかできない」

苦笑したレオリウスは、硬直したままのユスティネに一歩近づいてきた。そして細く長い指をこちらに差し出す。

「ユスティネ？　これからよろしく頼む。だが僕は自分のことは大抵できるから、可能な限り面倒はかけないよう気をつけるよ」

一瞬呆然としてしまったが、我に返ったユスティネは慌てて膝《ひざ》をつき、彼の手を恭《うやうや》しくいただいて、その甲に額《ひたい》を擦りつけた。

「こ、こちらこそよろしくお願いいたします……っ」

最大限の敬意を示す挨拶は、これで合っていただろうか。これまで実際にしたことがないので、いつ顔を上げていいのかも分からない。

跪《ひざまず》いたまま動揺していると、ユスティネの肩にレオリウスの片手がのせられた。

「そんなに怯《おび》えないでくれ。これからは仲良くしてくれると嬉しい」

穏やかな声には威圧感などなく、とても優しい響きを伴っていた。聞いていると心が凪《な》いでくるような不思議な感覚がある。ずっと聞いていたくなり、ユスティネは頭の中で何度も再生させた。

「今の僕はただの神の僕《しもべ》の一人だよ。畏《かしこ》まる必要はない。ミルカ様にもいつもそう言っているのだけどね」

「そのようなこと、できません。貴方は――」

「僕は王族を離れた男です。何度も言っているじゃありませんか？」

反論しかけたミルカに、レオリウスは被せ気味に言い放った。柔らかでありながら、その有無を言わせぬ語調に、老齢の聖職者は押し黙る。

「あの……っ」

「ああ、すまない。立ってくれ。本当は握手をしたかっただけなんだが、余計な気を遣わせてしまったね。申し訳ない」

どうすればいいのか分からず戸惑っていたユスティネは、彼に促され立ちあがった。少し見上げる位置に、秀麗な容貌がある。真正面から眼が合ってしまい、ユスティネは狼狽《ろうばい》して視線を逸《そ》らした。

——なんて綺麗な方……それに気さくな人柄なのね……

間違いなく眼前の男性はかつての王太子だ。行方知れずだと思っていたのに、まさかこんなに近くにいたなんて。

「十五年前、レオリウス様はここで洗礼を受けられた。以来ずっと神殿の外には一歩も出ておられない。身を清め、祈りの日々を送ってこられたのです。しかしこれは大いなる秘密です。たとえ王族を離れたと言っても、レオリウス様の存在をよく思わない者や利用しようとする不届きな輩《やから》もいる。故にこれまでひっそりと暮らしてこられたのです」

「そうだったのですか……」

驚愕のあまり上手く頭が働かず、ミルカの言葉に相槌を打ちながら、ユスティネはおずおずとレオリウスの顔を盗み見た。

視線が絡んだ瞬間、彼はうっとりする微笑《びしょう》を投げかけてくれる。

「だから僕は王族でも何でもない。今は普通の聖職者の一人だよ。今後もそれは変わらない。ここでラスアルヴァ神に国の繁栄と民の安寧を祈ることが、生きる意味であり唯一できることだ」

「ご、ご立派な志です……」

彼が十五年も神殿から出たことがないと聞き、ユスティネは心底驚いた。

巫女と比べ、男性聖職者たちの方が修行は辛いと耳にしたことがある。その中で人生の半分以上を隔絶された世界で生きるというのは、いったいどんな気持ちなのだろう。

――まして、王太子として何不自由なく暮らしていた人が……

噂《うわさ》でしか聞いたことがないけれど、レオリウスは王宮を追い出されたも同然らしい。いくら情報を統制したところで、人の口に戸は立てられない。

どうしたって、色々な形で良い話も悪い話も広がってゆくものだ。それらの中には、本当なら現国王のグラオザレではなくレオリウスこそが玉座に座るべきだったというものまであった。

――でもこの方からは、ご自身が王宮を去らねばならなかった元凶である、グラオザレ国王様への憎しみや怒りがまるで感じられない……

まるで水紋さえ広がらない水面のよう。

どこまでも静謐《せいひつ》な空気に、ユスティネは幾度も瞬いた。

「レオリウス様はとても立派な方です。王家からの支援金を一切受け取らず、全て貧しい者たちへの援助に回してくださっています。そういう高潔な魂《たましい》をお持ちの方なので、ユスティネは安心して仕えてください」

「は、はい……っ」

裕福な家出身の聖職者でも、そこまでしている者は少ない。ミルカが絶賛する人柄なら、間違いないだろう。そんな人の下で働けるのだと思うと、ユスティネは高揚感が抑えられなかった。

「僕の顔に何かついている？」

「あ、いいえ。申し訳ありません。そのように綺麗な髪や眼を見たことがなかったものですから、物珍しくてつい見惚れて……っ、あ、私ったら重ね重ね非礼を……！」

じっと見つめていたことを指摘され、焦りのあまり失礼なことを口走ってしまった。余計に狼狽し、ユスティネは慌てふためく。しかし彼は憤慨《ふんがい》した様子もなく、笑みを深めた。

「ふふ、正直な人だな。裏表がなくて付き合いやすそうだ。僕のことはレオリウスと呼んでくれ」

「は、はいっ、至らない点も多いと思いますが、精一杯務めさせていただきます……！」

再び膝をつこうとしたユスティネは、彼にやんわり止められた。柔和な瞳で見下ろされ、胸が高鳴る。今度は強引に手を握られ、軽く上下させられた。どうやら改めて握手されているらしい。

「大仰な挨拶は必要ない。僕は本来なら世話係をつけられるような身分じゃないのだから、もっと気楽に接してほしいな。友人は難しくても、仲のいい隣人程度にはなれたら嬉しく思う」

「も、もったいないお言葉です……！」

どうしても平伏しそうになるユスティネにレオリウスの苦笑が落とされる。握られたままの手は、どこまでも温かかった。

「それでは世話係は彼女に決めてよろしいでしょうか？」

「勿論。善良そうな女性で気に入りました。良い話し相手になってくれそうです。それにミルカ様の人選なら、間違いないでしょう」

「そのようにおっしゃっていただき、身に余る光栄です」

頷き合った二人の男が、同時にユスティネの方を見る。いきなり注目が集まった形になり、ユスティネは戸惑いから視線を二人の間で往復させた。

「小動物のようで、可愛いな」

挙動不審になったユスティネに向けられるレオリウスの眼差しは、慈愛に満ちていた。まさに神に仕える者の鑑《かがみ》。立ち上る高貴な気配に圧倒されながらも、多大なる包容力を彼からは感じる。

――きっと素晴らしい方だわ……

こういう時、ユスティネの第一印象は外れたことがない。

良い人だと感じた相手は、長く付き合うことができるし、共にいて楽しい。

しかし直感的に嫌だと思った相手とは、結局疎遠になることがほとんどだった。どんなに眼を逸らしごまかそうとしても、その『嫌』な面が表出してくるからだ。

――よかった……どうせお仕えするなら、尊敬できる方がいいもの……

思いの外身構えていたらしく、安堵して肩から力が抜けた。

忙しく働くことは嫌いではないが、神殿内の雑用を一手に引き受けるよりも、誰か特定の人物の世話係になった方が、身体は楽である。給金も多少は上がるらしいし、いいこと尽くめだ。

ユスティネはレオリウス専属の下働きになることを、大喜びで了承した。

「じゃあさっそく、僕の部屋へ案内するよ。あまり人目につかないよう、少し入り組んだ場所にあるんだ。迷わないために、しっかり覚えてもらわないと」

「こちらの男性居住棟内ではないのですか？」

「ついてくれば分かるよ。おいで」

眼前に差し出された手は、繋げという意味だろうか。いやまさか、とユスティネが戸惑っていると後ろからミルカに声をかけられた。

「……レオリウス様、僭越《せんえつ》ながら忠告させていただきますが、年頃の男女がみだりに手を繋ぐというのは、褒められたことではありません」

「そうなのですか？　年下の子は年配者が手を引いてやるものだし、男性が女性をエスコートするのは当たり前だと思っていたのですが……」

「誤りではありませんけれど、時と場合によります。少なくともここでは相応しい振る舞いではないかと……ユスティネは貴方の世話係ですし」

「なるほど。どうやら僕は神殿に引きこもっている間に、随分世間知らずになっていたようです。これは困ったな」

本心から悩むそぶりをレオリウスが見せたので、ユスティネはつい吹き出してしまった。

「ふ、ふふっ……レオリウス様は案外楽しいお方なのですね」

それに公平な人だ。身分を笠に着て上から命令する気もないらしい。ユスティネを対等に扱ってくれているのを感じ、とても胸が温かくなった。

「やっと笑ってくれた。僕の顔色を窺って俯き加減でいるよりも、そうして笑顔を見せてくれた方が嬉しいよ。それにとても愛らしい」

彼はおそらく小動物を愛でる気持ちで軽く言っているのだとしても、異性から褒められた経験がないユスティネには刺激が強すぎた。勝手に体温が上がり、頬が真っ赤に上気する。

「み、見ては駄目ですっ……！」

羞恥に耐え切れず両手で顔を覆えば、朗《ほが》らかな笑い声が落ちてきた。

「ははは、君となら面白い毎日をすごせそうで、今から楽しみだな」

ユスティネが神殿で暮らし始めて六年。ここでの生活は安定はしていても、閉塞感《へいそくかん》は年々強まるばかりだった。

しかしこの日から、運命の環が大きく回り始めたことを知る者は、まだ誰もいない。

レオリウスが使う居室は、半地下にあった。それもミルカの部屋を通過しなければ行き来できない特殊な造りだ。それでいて礼拝堂へは秘密の通路で通うことができる。

基本的にユスティネは男性棟へ足を踏み入れることがなく、レオリウス自身滅多に自室から出てくることがないというのだから、自分が彼の存在を全く知らなかったことも当然である。

おそらく男性聖職者の中にも、元王太子が神殿内で暮らしていることを知らない者も多いだろう。

ひっそりと息を殺すように、存在を消しながら十五年もの長い間、レオリウスは神と数少ない人間とだけ接して生きてきたのだ。それを思うと、ユスティネは胸が痛む心地がした。

「ああ、ユスティネ。掃除なら僕が自分ですると言ったじゃないか」

「そういうわけには参りません。私の仕事を取らないでください」

手にしていた箒《ほうき》を彼に奪われ、ユスティネは慌てて奪い返した。

「私はレオリウス様専属の世話係に指名されて、幸運なんです。もしもこの職を失ったら、どう責任を取ってくださるのですか？」

半地下に設けられた部屋ではあっても、明かり取りの窓から差し込む光のおかげで室内は暗くない。湿気や狭苦しさなどもなく、清潔で居心地のいい空間だ。

置かれた調度品は地味なものだが、質がいいことが窺えた。つまり、到底下級の聖職者が寝起きする部屋とは思えないのである。

――そもそもミルカ様たちくらい出世しないと、普通は個室が与えられることなんてあり得ないものね……

だから何だかんだ言ってもレオリウスは特別扱いされているのだろう。いくら当の本人が王族とは関係ないと言っても、そう簡単な話ではないらしい。

けれどレオリウス自身は、相変わらずユスティネに対して高圧的に接したり偉そうに振る舞ったりすることなどなかった。

「それに私、働くことが好きなんです。邪魔しないでください」

「邪魔なんて酷いな。せっかく君に美味《おい》しいお菓子をあげようと思っていたのに」

「えっ」

今ではこうして、気楽な軽口を叩き合うこともできる。

ユスティネが彼の世話係として指名された日からひと月あまり。最初はぎこちない会話しかできなかったけれど、一週間もすれば慣れてきた。

それはひとえに、レオリウスが気さくで物腰が柔らかく常に笑顔でいてくれるからだろう。

いつだって誠実に、同じ目線で接してくれるのだ。

当初は畏まっていたユスティネも、次第に心を許すようになったのは、当然だろう。ごく自然に二人の距離は近づいていた。

「いつも僕が快適に暮らせるよう心を砕いてくれているユスティネへ、ご褒美だよ。ほらお食べ」

眼の前に広げられたのは、いかにも甘そうな焼き菓子。バターのいい香りが鼻腔《びくう》を擽る。

たっぷり使われたドライフルーツが色味を添え、ユスティネの口内にはたちまち唾液が溢れてきた。

どうやら彼は、ユスティネのことを半ば本気で小動物か何かだと思っている節がある。もしくは幼い子供程度に認識している疑惑があった。

事あるごとにこうして甘いものを寄越したり、頭を撫でて褒めてくれたりするからだ。

――若干解せないけど、十五年も俗世と隔絶されていたんだものね……少々常識がズレていても、仕方ないのかもしれないわ……

とはいえ、貴重な甘味の誘惑にはユスティネも抗《あらが》えない。

国情が不安定なこの国では砂糖はとても貴重な品だ。裕福な貴族でなければ、易々《やすやす》と手に入る代物ではない。まして質素倹約を掲げ清貧を旨とする神殿内では、まずお目にかかることすらないものだった。

「で、でも、数日前にもいただきましたし、こんなに高価なものを私が何度ももらうわけには……」

「たまたま手に入ったんだ。僕は甘いものが苦手だから、このままでは無駄になってしまうだろう？　どうせなら喜んで食べてくれるユスティネにあげるよ。でないとくれた相手に失礼じゃないか」

いったい誰からの差し入れなのだと疑問を覚えずにはいられないけれど、そう言われてしまえば、『いらない』などと言えるわけがなかった。

仮にユスティネが固辞したところで、この菓子に行き場はないのである。

レオリウスは甘いものが本当に苦手らしく、好んで口にすることはない。ミルカは贅沢品を好まず、かといって他の誰かに下げ渡すのも難しいのだ。絶対にどこから入手したのだという話になるし、全員に行き渡るほどの量もない。

するとと必然的に、ユスティネの胃に収めるのが一番望ましい処理方法であると、このひと月で定着してしまった。

「……今まではレオリウス様がご自身で食べていらっしゃったのですよね？」

「死に物狂いで飲みこんでいたよ。ほとんど味わうこともなく、作ってくれた者に対しても心苦しかった。最近はユスティネが美味しそうに片付けてくれるから、ありがたいね。君は甘いものを食べている時、心から嬉しそうな顔をするから、こちらも幸せな気分になれる。次は何を食べさせてあげようかなと考えるのが近頃は一番楽しいよ」

まるで愛玩動物に餌をやり、良い食べっぷりを眺めている飼い主のような眼差しを向けられ、ユスティネは口の端を引き攣《っ》らせた。

これでも一応、花盛りの十八歳なのだが。彼にとってユスティネは、随分幼く見えているのかもしれない。

「でしたらこれをくださる方に『いらない』とお伝えすればよろしいのに。その分を他の慈善活動などに回してくださった方がいいではありませんか」

「君は欲がないね。もし僕が断ったら、お菓子がユスティネの口に入ることもなくなってしまうよ？」

「欲ならあります。これでも私、結構貪欲なんですよ。綺麗なものを見たいと思うし、この世から戦争や飢えなど全部なくなればいいと壮大な夢も持っています」

「物欲や食欲ではないあたりが、ユスティネらしい」

クスクスと笑い出したレオリウスにからかわれた心地がして、ユスティネは生真面目に顔を引き締めた。

「もうっ、私は本気ですよ。皆が争いをやめれば無益な戦いなどなくなるんですからね？　それには微力であっても、一人一人の心掛けが必要なんだと私は思います」

自分にできることは少ない。実際、己の生まれ育った国ひとつ、傾いてゆくのを止める術《すべ》がないのだから。しかしそれでも。

「……祈ることも大事です。信じるものがあるのは、素晴らしいことですもの。だけどそれだけではきっと奇跡は起こらない……他に何か、私にできることがあればいいのに……」

気持ちが溢れ、ユスティネの声が掠《かす》れてしまったせいか、束の間沈黙が落ちた。

重い空気になったのを察し、ユスティネは取り繕う笑みを浮かべ、ごまかす。こんなことを、レオリウスにぶつけても迷惑にしかならない。彼を困らせるつもりはなかった。

「あの、妙なことを語ってしまって、すみません。ええっと……無用なものなら差し入れをお断りした方がいいというお話でしたよね」

「……君の言い分はもっともだと思うよ。今後検討する。でも他に余計な疑念を持たれない差し入れというのは難しくてね……」

「……？　よく分かりませんが、そうなのですか？」

余計な疑念とはどういうことだろう。

ユスティネが首を傾げると、レオリウスは曖昧《あいまい》に微笑んだ。

「書物では過分な知識を身につけようとしていると勘繰《かんぐ》られるし、資産価値の高いものでは私財を蓄えていると誤解されるだろう？　賄賂だと思われても厄介だ。小さな菓子程度が適当だと考えていたんだが……ユスティネに指摘されてそういう意見もあると気がついた。ありがとう。それから愉快ではないことを言わせて、すまなかった」

彼に深く頭を下げられて、動揺する。いくら元であっても、レオリウスは王族だ。そして今はユスティネの仕える主人である。彼が自分になど礼を言う必要もなければ、ましてや頭を垂れるなどあり得ない。

「や、やめてください……そのようなことっ……」

「自分に非があれば謝罪するのは当然のことだろう？　僕は当たり前のこともできない人間にはなりたくない」

まっすぐこちらを見つめてくる澄んだ碧の瞳に心を射貫かれた。

ユスティネの鼓動が大きく跳ねる。激しく高鳴る胸へ無意識の内に手を当て、懸命に落ち着こうと試みた。だが息苦しいほどの甘い痛みが和らぐことはない。

こんな感覚は知らない。

抑え込もうとしても湧き上がってくる、想いの名前も。

経験したことのない感情の奔流に押し流されそうになり、ユスティネはそっと深呼吸した。

「……レオリウス様ほど立派な方を、私は知りません……」

「ん？　ごめんね、よく聞こえなかった。もう一度言ってくれるかい？」

「い、いえっ、何も言っていません！」

つい漏れてしまった言葉に焦ったのは、ユスティネの方だ。ごく小さな声だったので、彼の耳には届かなかったらしい。そのことに、自分でも驚くほど安堵していた。

――私はいったい何を口走って……

「そう？　ああどちらにしても、今日はとりあえず、この菓子を食べてくれるとありがたい」

「……ありがとうございます」

当然ながら菓子に罪はない。無駄にするくらいなら、喜んでいただく。

ユスティネは受け取った菓子を、さっそく口に運んだ。以前、後で食べるために持って帰ろうとしたら、『眼の前で今すぐ食べて感想を聞かせてくれ』と言われたからだ。もしもこれをくれた相手に会った場合、さも食べたふりをしてどんな味であったかを述べるためらしい。

「どう？　美味しいかい？」

「はい。とってもふわふわで、かつしっとりしています。それに香りづけの洋酒が効いています。ナッツも入っているんですね。食感が楽しいです」

ユスティネが素直に答えれば、レオリウスは相好を崩した。

「良かった。もっと食べなさい。君は少し痩せ気味だから、もう少し太った方がいい」

「……女性に体型のことを言うのは失礼ですよ」

「ああ、ごめん。でもあまりにも痩せている人を見ると、つい心配になってしまうんだ」

これがもしも他の男性に言われた言葉なら、ユスティネは不快に感じたかもしれない。嫌なことを言う人だと距離を取っただろう。

けれど相手がレオリウスだと、微塵《みじん》も不愉快には思わなかった。

それは彼の瞳に宿るものが、どこまでも温厚な労りだからだ。嫌みや性的なからかいではないとハッキリ伝わり、抵抗なく聞き入れることができる。本心からユスティネを心配してくれているのだと、言外からも感じ取れた。

――こんなに優しくて素晴らしい人が、神殿の中の、それも限られた狭い世界でしか生きられないなんて……

傍に仕えたのはまだひと月と少し。それでも、ユスティネにはレオリウスの為人《ひととなり》が充分分かった。

狭い場所で、燻ぶっているのはもったいない。聖職者として頂点に立つこともできる器のはずだ。本来なら、ミルカだって自分の後継者にレオリウスを据えたいのではないか。

一日の大半を祈りに捧げるレオリウスの生活は、清廉で一切の無駄がない。毎日同じ、厳しい修行に明け暮れることの繰り返し。彼ほど己を律し、品行方正で勤勉な聖職者もいないだろう。愚直《ぐちょく》に戒律を守るレオリウスの姿勢は、ユスティネにとって眩しかった。

自由のない身の上ながら、できることは何でもしようという姿勢が窺える。それは匿名の寄付であったり、あらゆる知識や見聞を広めようとしたりする意欲だ。

素晴らしい信仰心だと思う。

本気で民と国を憂いて、献身的に尽くしている。けれど――尊敬が湧き上がるのと同時に、ユスティネは考えずにはいられないのだ。

もしもこの人が国政に携わってくれたなら――と。

王宮の中心に座すのがレオリウスであったなら、アルバルトリア国はこれほど傾くことはなかったのではないか。人々が貧困に喘《あえ》ぎ、不毛な大地が広がることだってなかったはず。そうすれば、自分のような孤児だってもっと少なくなるに決まっている。

――私なんかが考えても意味はないのに……

何度振り払っても浮かんでくる妄想を断ち切るため、ユスティネはもう一口菓子を口に運び、飲みこんだ。

「――ところで、ユスティネ。昨日出した宿題はやってきたかい？」

「はい。ちゃんと本を読んできました」

「では試験をしよう。諳《そら》んじてごらん。その後、君の意見を聞かせてほしい」

レオリウスはこうして『宿題』と称してよくユスティネに課題を出す。それは国の成り立ちの神話を暗記してくることであったり、どうすれば貧者に救いの手を差し伸べられるかの議論だったりする。

外界と接することの少ない彼にとっては、他者の意見を聞くことはとても有意義な時間なのだと力説され、いつしかユスティネにとっても楽しいひと時になっていた。

「あの、でも掃除が途中です……」

突然のおやつ休憩で、室内の清掃は中断されたままである。

ユスティネが箒に手を伸ばそうとすると、その前にレオリウスが彼の背後に隠してしまった。

「じゃあ僕と一緒に片付けながら試験もやろう。これからの時代、女性の意見を無視することはできないからね。特にユスティネは僕にはない視点を持っているから、話していて楽しいよ」

こんなふうに女を軽んじないところも、彼の素晴らしい人柄だ。男よりも女は劣っているとみなす男性が多い社会が当たり前だと思っていたユスティネにとって、初めてレオリウスに意見を求められた時は衝撃だった。

世の中には『女は黙って男に従っていろ』と平気で口にする者もいる。聖職者の中にだって、そういった考え方に凝り固まっている者が大勢いた。

——こんな方、お父さん以外に今まで出会ったことがない……

美しい人は、心まで綺麗なのだろうか。そんな馬鹿げたことを信じてしまいそうになるほど、彼には欠点らしいところがひとつもなく、尊敬の念は日々募るばかり。

ユスティネにとって、レオリウスに仕えることは大いなる喜びになっていた。

——私もこの方に喜んでいただけるよう、もっと頑張ろう……！

せめて無聊《ぶりょう》を慰めたい。

彼は口には勿論態度にも出さないけれど、外の世界に大きな関心を持っているのは薄々伝わってくる。国の荒廃を憂えていることも。

本当ならレオリウスこそが先頭に立って国を率いていてもおかしくなかったのだから、何もできない歯がゆさを感じているのではないか。

——私の考えすぎかもしれないけれど……でも……

彼は自分だけ安全な場所にいて、人々が困窮しているのを眺めていられるような人ではきっとない。それだけはひと月の間レオリウスを傍で見続けて、確信していた。

おそらくこの神殿で暮らす誰よりも、人々のことを思っている。俗世を捨てて祈りの世界に身を捧げようとする者たちの志は立派だけれど、ある意味『普通の生活』と区切られたここでの暮らしは平穏なものなのだ。

——私は、外の世界がもっと酷いことを知っている……家族を亡くして住むところも失って……泣くことすら忘れた子供が沢山いる。誰にも看取られず息を引き取る人だって、大勢いる……自分のこの眼で嫌と言うほど見てきたもの。だからレオリウス様は私に色々な話を聞きたがるのかもしれないな……

　書物を読んだだけでは分からないことがこの世には数えきれないほどある。あらゆる知識を吸収しようとする彼の貪欲さは、見ているだけで身の引き締まる思いがした。

「……本当は、レオリウス様を外にお連れできれば一番いいのですけど」

「……え？」

　百聞は一見に如かず。他者からの伝聞よりも、己の眼で見る方がよほど勉強になる。しかし彼を神殿の外に連れ出すことは現実的ではない。レオリウスはどうしたって目立つ容姿をしているし、あまり衆目に触れたくないのだと、以前ポツリと漏らされたことがあった。

　あの時は冗談めかして言っていたけれど、きっとそれこそレオリウスの偽りのない本音なのだろうと容易に想像はつく。

　思い出すのは、愁いを孕んだ横顔。『――叔父が……グラオザレ国王陛下があまりいい顔をしないからね。まぁ、当たり前だ。僕の存在を疎《うと》ましく感じていらっしゃるのだろう。たぶん色々余計なご注進をする者もいるだろうが、僕はあの方の地位をどうこうしようなどという大それたことは考えていない。だから、もっと安心して民に目を向けてくださることを祈るだけだよ。目障りな僕を処刑してもおかしくはなかったのに、慈悲深い叔父はこうして僕を生かしてくれている。つまり本当はとてもお優しい人のはずだ。その心を信じている』そう言って寂しげに瞳を伏せた彼の姿は、今も忘れられない。

沈黙し身を縮こませて生きることしか許されない人の悲哀をヒシヒシと感じた。しかも、そんな状況に自分を追い込んだ相手を憎んでもおかしくはないのに、レオリウスは叔父に対し感謝までしている。とても懐が深く清らかな心を持っているのだろう。

心底、対立を望んではいないのだ。

だから、ユスティネが思わず漏らした言葉は、本気ではなかった。

いや、叶うなら実行に移したいけれど、できるわけがないと諦めていることだ。

「あ……すみません。独り言です。何でもありません」

嫌がる人を強引に外へ連れて行くわけにはいかない。それどころか、万が一望んでも叶わないことであったら、無責任に夢を見させるなどいっそう申し訳ないではないか。

ユスティネは強引にごまかそうとした――が。

「……君が手引きしてくれるのかな？　だったら久しぶりに出かけてみようか。ちょうど明日はふた月に一度の安息日だ」

想像に反して、彼は乗り気な様子になった。むしろどこか楽しそうに、悪戯《いたずら》めいた顔で瞳を輝かせている。

「えっ、あの、今のはちょっとした冗談と言うか……」

「僕をからかったの？　傷つくな」

「そ、そんなつもりはありません！」

「では一緒に行こう。目立つことは困るけれど、僕は別に幽閉されているわけではないからね。変装して顔や頭は隠さざるを得ないが、ほんの短時間町を見て回るくらいは大丈夫だ。でも何年振りかな。前回は――ああ五年以上前だ」

まさかこんな展開になるとは夢にも思わなかった。

ユスティネが唖然としているうちにどんどん予定が詰められていってしまう。

「ミルカ様には内緒だ。あの方は僕が一度もこの神殿を出たことがないと信じていらっしゃるからね……余計な心配をおかけしたくない。僕が休みなのだから、当然ユスティネも休暇が与えられるはずだよ。それともせっかくの休日を僕と過ごすのは嫌かな？」

「そんなこと、ありません……！」

むしろ大歓迎だ。

どうせこれまでだって休みをもらっても、何もすることなどなかった。暇な時間があると余計なことばかり考えてしまい、気分が沈むことが多い。両親のことを思い出し、悲しい気分にもなる。それなら疲れ切って眠れるくらい、身体を酷使した方がマシだと思い続けてきたのだから。

「よかった。では明日。短い時間だけど一緒に出掛けよう」

いつの間にか明日の予定は確定していた。

そして眠れない夜が明け、今日である。

ユスティネは寝不足の瞳を瞬かせながら、下働きの者が使う出入り口を、頭からすっぽりフードを被った男と人目を避けながら通過した。目立つ銀髪は一本に束ねられ、厳重に隠されている。

「ふふ、緊張するね。何だか悪いことをしている気分だ」

「私は完全に悪事を働いている気分です……もしもミルカ様に知れたら、確実に叱られますよね……」

「その時は、僕が無理に頼んだのだと正直に言ってあげるから大丈夫だよ」

身を隠さねばならない人の方が堂々としているのはどういうわけだ。

レオリウスは素顔こそ大きな布で覆い隠しているけれど、こそこそとしたところは一切なかった。むしろユスティネの方がビクビクとしてしまっている。

人の気配に怯えつつ、どうにか誰にも会わずに神殿の外へ出ることはできたが、これからどうしよう。彼に外の世界を見せてあげたいと願ったのは本音ではあるが、だからと言って行く当てがあるわけではないのだ。

「あの、見たいものや行ってみたい場所はありますか？」

時間的に、あまり遠出はできない。だったらレオリウスの望むところへ連れて行ってあげたいと思った。

「――ああ……風が気持ちいいな。いつも高い塀に囲まれているから、空気の味すら違って感じられるよ。久しぶりに外界に触れると、何もかもが新鮮に感じられる」

天を仰いだ彼は軽く両手を広げて呟いた。

その様子に、ユスティネは言葉を失う。

やはり神殿での生活は、レオリウスにとって少なからず息苦しさを伴うものであったらしい。

——そうだよね……外に『出ない』のと『出られない』のは全く違うことだもの……いくら命の危険がない安定した最低限の暮らしを手に入れても、それだけでは人は満たされない。ただ生きるためだけに寝て食べて息をするのみでは、心が死んでいくのだ。人は野生の獣のように、『生きる』ことを一番の目標に掲げることができないからかもしれない。いや、衣食住が満たされるほどに、もっと別のものが欲しくなる貪欲な性《さが》を持っているからなのか。

信仰心で心の虚《うろ》を埋められる人はいい。そうであるなら聖職者は天職だろう。だが他に選ぶ余地がなかっただけだとしたら——

「——もしもユスティネが嫌でなかったら、一ヵ所だけ行ってみたい場所があるんだ。案内してくれるかい？」

「え、はい。勿論です。どこですか？」

「ディーブルの丘から町並みを見下ろしてみたい。あそこならあまり人は来ないし、遠くから国の現状を眺めることができるだろう？」

町の中央を一望できる丘は、ここから歩いてもさほど時間はかからない場所にある。距離はあるが田畑の荒れ具合や寂《さび》れた市場の様子は視認できるだろう。人に会う心配は格段に少ない。

町中はあまり治安がいいとは言えず、レオリウスのようないかにも世間知らずの貴人を連れて行くには、少々抵抗があったのだ。

考えてみれば最も理想的な選択である気がし、ユスティネは大きく頷いた。

「分かりました。ではこちらの道から行きましょう。町の通りを抜けるより近道ですし、誰かに会う確率は小さいです。それにこの季節なら、綺麗な花が咲く場所があるんですよ。せっかくだから帰りに寄って行きませんか。休憩するにもちょうどいいと思います」

「流石はユスティネだ。君はこの国で生まれ育ったの？」

「はい。亡くなった両親もそうです。二人とも流行り病で命を落としたのですが……父と母が初めて出会ったのも、先ほど話した花畑だったそうです」

だからそこはユスティネにとって、特別な場所だ。これまで他に誰かを案内したことはない。けれどレオリウスなら、秘密を教えてもいいと思った。

「……よく二人が言っていました。この国も昔は穏やかで平和だったって……私が生まれたときには既にきな臭くなっていましたから、平穏な時代なんて私は知らないのですけど」

「……」

返された沈黙に、こんな言い方をしてしまうと、元王族である彼は嫌な気分になってしまった。

まうだろうかと思い至る。ユスティネは思わず自らの口を押さえた。

「あ、あの。嫌みなどのつもりはなくて……」

「大丈夫、分かっているよ」

微笑んだ顔に不快感はない。しかし、つい余計なことを言ってしまいがちな自分を反省して、ユスティネはしばらく口を噤《つぐ》むことにした。

二人分の足音だけが、砂利だらけの道に響く。

通行量が少ないので、季節によっては雑草に埋め尽くされる狭く細い道だ。寂《さび》れており、動物すら滅多に通わない。

ユスティネは気まずさから足下が疎かになり、小石に足を取られてよろめいた。

「きゃっ……」

「危ない」

後方に重心が傾いた直後、背中に逞《たくま》しい胸板を感じた。服の上からでは想像もできなかった筋肉質な男の腕に、難なく抱きとめられる。

約ひと月毎日顔を合わせていたけれど、これほどレオリウスと接近したことはない。抱きしめられていると言っても過言ではない至近距離に、ユスティネの頬が一気に熱を孕んだ。

「も、申し訳ありません……！」

「いや、問題ない。それよりも足首を捻ったんじゃないか？　見せてごらん」

「えっ」

　ユスティネが大丈夫だと告げる前に、前に回ってきた彼は眼の前で膝をついていた。高貴な人が自分如《ごと》きのために跪く光景が理解できず、呆然としてしまう。

　背の高いレオリウスを見下ろすという初めての体験が、なおさらユスティネの動揺を誘った。

　目深に被っていたフードを取り払った彼は、ユスティネの足首を凝視している。それどころか素肌に触れられ、レオリウスの美しい銀髪に見惚れていたユスティネは、正気に戻った。

「あああのっ、本当に何でもありませんから……！」

「腫れてはいないようだが……痛みはない？」

「は、はいっ、強く捩じってもいませんし……！」

　熱なら、足首よりも顔から上の方がよほど上昇している。ひょっとしたら湯を沸かせるのではと思うほど、ユスティネの体温は上がりっ放しになっていた。

「心配だな。もっとよく見たいから僕の肩に手を置いて摑まって」

「え……！」

　遥か雲の上の人に自分から進んで触れるなど失礼にあたる。だが捻った右脚を持ち上げられてしまい、四の五の言っていられなくなった。

　崩れた体勢を支えるため、ユスティネは咄嗟に彼の肩に手を置いた。

「……うん。今のところ平気そうだ。でも後から腫れてくる可能性もある。今日はこのまま引き返そう」

「ど、どうかお気になさらず！　これくらいよくあることなんです。私おっちょこちょいだから、何もないところで転ぶことも珍しくないし……そ、それに私も久しぶりに両親の思い出がある花畑を見たいんです。だから……！」

せっかく二人きりで神殿を抜け出したのだ。こんな機会は二度とないかもしれない。あったとしても、次の休みは早くて二カ月後。その頃には、花の季節は終わってしまっている。

何よりも、外の空気を楽しんでくれているらしいレオリウスをユスティネはもっと喜ばせてあげたかった。

「行きましょう！　是非！　もったいないですよ！　あの、わ、私のために行ってくださいませんか……？」

前のめりになったユスティネを、彼が驚いたように下から見上げてくる。こんなふうに我儘とも言える自分の意思を通そうとしたことがなかったので、物珍しいのかもしれない。

「……君がそこまで自己主張するのは初めてだな」

「だ、駄目でしょうか……？」

「いや、少しでも心を許してくれたようで、嬉しい」

屈託なく微笑んだレオリウスが立ちあがり、こちらに手を差し出した。長い指先の形が綺麗で、つい見惚れる。日の光の下で対峙する彼は、石で造られた神殿の中にいる時とはまるで違う生命力に溢れていた。

「じゃあ行こうか。でもまたユスティネが転びそうになったら大変だから、僕と手を繋ごう。――あ、この場合は、ミルカ様に相応しくないと叱責されるかな?」

「レオリウス様ったら……」

考え込む彼の様子がおかしくて、疾走する一方だったユスティネの胸のときめきがようやく落ち着いてきた。

――一人で歩けますと言うのは簡単だけれど……

おずおずとこちらから手を伸ばせば、自然に握られ、隣を歩く形になる。するとせっかく平常速度に戻りかけていた鼓動が、再び加速し始めた。けれど、嫌ではない。

――不思議……すごくソワソワするのに、何だかとても楽しい……

ユスティネにとっても久しぶりの外出だからなのか。それとも両親の思い出がある花畑に向かっているからなのか。

色々な理由を思いついたが、どれも違う気がした。

――自分でもよく分からない。でも、この時間ができるだけ長く続いたらいいな……叶うなら、ずっと……

こうして二人、一緒にどこまでも歩いて行くことができたら。静寂と黴臭《かびくさ》さに満ちた神殿に戻ることなく、一生――

そんな願いも虚しく、間もなくユスティネたちは目的地のディーブルの丘に到着してしまった。

小高くなったそこには、以前は一本の大木がそびえていたが、今は根元から折れている。数ヵ月前の嵐の際に、暴風で倒されてしまったらしい。どこか物悲しい光景に、ユスティネは嘆息した。

「……随分古い木だったのに……」

とても残念だ。けれど小さな青い芽がひっそりと横から顔を出しているのを見つけ、この大木がまだ死んでいないことが分かった。

ボロボロになっても、生きようとしている。まだ、終わりじゃない。

ユスティネよりずっと長く生き、この国を見守ってきた木の強い生命力を感じ、沈みかけていた心が浮き立つ。何だか自分も励まされた気持ちになり、ユスティネは瞳を輝かせた。

「よかった……！　レオリウス様、見てくださ——」

喜びを分かち合おうとして、ユスティネは彼を振り返った。だがその続きを口にすることはできなかった。

レオリウスが見つめているのは、倒れた木でもなければ空でもない。まして町の中央やユスティネでもなかった。

美しい碧の眼差しが注がれているのは、ただ一点。遠くに建つ王宮の方角だった。

――レオリウス様……？

彼の名を声に出して呼び掛ける勇気は、ユスティネにはなかった。何故か、そんなことをする雰囲気ではないと感じたからだ。

とてもではないが、邪魔できる空気ではない。

どうしてそう思ったのか、自分でも説明は難しい。

表情の抜け落ちたレオリウスから、全てを拒絶する空気が発されていたからかもしれない。おそらく彼は、すぐ傍にユスティネがいることすら忘れているのではないか。そう感じるほど、絶対的な孤独が漂う。

昏く翳《かげ》った瞳は、瞬きさえしない。

何を見通そうとしているのか、レオリウスは彼がかつて暮らしていたはずの城をまっすぐ見つめ続けていた。

そのままどれだけ時間が流れたのか。

ほんの数秒かもしれないし、何分も経ったのかもしれない。

ユスティネは身動きもできないまま、彼の後ろ姿を見守ることしかできなかった。先に声を発したのは、レオリウスの方だ。

「……天気がいいから、遠くまでよく見える。昔、あの森で良質な樹液が取れると聞いたが今も変わらないのかな」

振り返った彼の顔は、いつも通りの穏やかなものだった。先ほどの陰鬱さなど微塵もない。

王宮ではなくもっと先の森を眺めていたのだと言われ、ユスティネは曖昧《あいまい》に首を傾げることしかできなかった。あれはきっと自分の見間違いか勘違いだったのだ。

「そ、そうなのですか？　私はあまり詳しくないので、お答えできず申し訳ありません」

「謝る必要はない。ユスティネは生真面目だな」

楽しげに声を上げるレオリウスは、それ以上城の方角に眼をやることもなく、折れた大木の近くに腰を下ろした。そしてフードのついた上着を脱ぐと、すばやく地面に敷く。

いったい何をしているのだろう。

彼の一連の動作を不思議に思いながらユスティネも地面に座ろうとすると、レオリウスに止められた。

「そのままでは服が汚れてしまうよ。ほら、ここに座って足を休めなさい」

「え……っ？」

ここ、と指し示されたのは、ついさっきまで彼が身に着けていた足首まで覆う長い上着の上だ。

まさか、元王太子であり、現主である人の大事な、しかも見るからに高級素材の上着に、下働きでしかない娘を座らせようとしているのか。彼自身は祭服のまま地べたに腰かけているのに？

とんでもないあり得なさに、ユスティネの思考が停止した。

「ば、馬鹿なことをおっしゃらないでください。私がレオリウス様のために服を脱いでご用意するなら分かりますけど……！」

ひょっとしたら正しい行動をできなかった自分への当てつけかとも勘繰ったが、彼はそんな回りくどい嫌がらせをする人柄ではない。おそらく本気で、ユスティネを地べたに座らせてはいけないと考えたのだろう。

たぶん、貴族の令嬢が相手なら当たり前の礼儀なのだ。しかしユスティネは違う。下手をしたら、自分がレオリウスの椅子代わりを命じられても、おかしくない関係なのに。

幼くして城を離れ神殿で暮らしてきた彼には、その辺りの常識がまるで備わっていない。いや、とても偏ったまま刻まれていると言うべきなのか……

「屋外で女性に服を脱がせる真似などできるわけがないじゃないか。土の上に君を座らせるのも論外だろう。――僕は何か変なことを言っている？」

自信満々に言い切っておいて、急に不安げに眉を顰《ひそ》めるのは反則だ。ユスティネはつい『可愛い』などと血迷った感想を抱いてしまった。

「と、とにかく、レオリウス様の服の上に座るなんて、絶対にできません……！」

「嫌なのか？　――では仕方ないな……」

「きゃ……ええっ？」

溜め息を吐いた彼に腕を引かれ、半ば倒れこむようにユスティネは強引に座らされていた。尻が着地したのは、胡坐《あぐら》をかいたレオリウスの脚の間。

すっぽり嵌り込んだ上に腹の前で腕を交差され、立ちあがることができなくなった。

「レオリウス様……っ？」

「捻挫はしていなかったとしても、ここまで登ってきた上、立ちっぱなしでは疲れるだろう。帰りも歩くのだから、今のうちに少しでも休んだ方がいい」

「あのっ、本当に大事ありませんから……！　わ、私は頑丈ですし……！」

どちらかと言えば、この現状の方が大事件である。先刻転びそうになって抱きとめられたのは不可抗力であり偶然だが、今は違う。これほど密着して座らねばならない理由はない。

ユスティネは大慌てで腰を上げようとしたが、脳天に彼の顎をのせられ、不用意に立ちあがることは封じられた。もしも無理やり動けば、レオリウスの顔に頭突きを食らわせかねない。

「駄目だ。これから花畑にも寄るんだから、万全の態勢でないと」

「ほ、本当に、もう……これ以上は……っ」

こちらの心臓が持たない。きっと今、自分の顔はみっともないほど真っ赤に茹っているだろう。互いに前を向いた状態で、顔を見られないことだけが救いである。

ユスティネは可能な限り自身の顔を俯けたまま硬直した。

背中から伝わる体温。耳を掠める呼気。大きな身体に包みこまれる安心感。それら全部がユスティネから冷静さを奪ってゆく。

世間の恋人たちは、こんな時間を過ごしているのだろうか。両親が望んだ『普通の幸せ』とはもしかしたらこんなふうに――

「……ああ、ここから見下ろすと、倒壊したままの建物が沢山あるのが分かる……向こうは農地だったはずなのに、すっかり荒れているな……」

「あ、跡継ぎを亡くした家も多いですから……」

いつも通りの落ち着いた声音でレオリウスが呟くので、ユスティネは自分ばかりが意識していることが急に恥ずかしくなってきた。

これは別に、妙な意味はないのだ。

考えてみれば清廉《せいれん》な聖職者である彼が邪な気持ちを持っているわけがない。あくまでもユスティネの足を心配してくれているだけだろう。

勝手な妄想を繰り広げそうになっていた自分を恥じ、ユスティネは思考を切り替えた。

「不作の年が続いたせいで、家畜も沢山飢え死にしてしまったそうです。家業を畳み、家族で隣国へ渡った人たちもいると聞きます。皆生きるために必死に頑張っていますが、根本的な解決には国が動いてくれないと……」

民の困窮を無視するグラオザレ国王への不満は、少しでも気を抜くとすぐに漏れてきてしまう。しかしもう言い繕う気になれず、ユスティネは言葉を続けた。

「今ならまだ間に合うはずなんです。だからグラオザレ国王様には国の現状に眼を向けてほしいと思います」

折れてしまった大木だって、命が尽きたわけではない。だとすれば、この国もきっと再生できるはずだ。希望と期待を込め、ユスティネは前を向いた。

「私、レオリウス様付きの世話係になってから給金が増えたので、その分を貯めて孤児院に寄付するつもりです。微々たる金額ですけど、国民が頑張っている姿を見せれば、偉い方々もきっと心を入れ替えてくださるのではないかと思うのです」

「……稼いだものを自分のために使おうとは考えないのか？　――それにユスティネは、王族を恨んではいないの？　君の両親は流行り病で亡くなったんだろう？　もしもアルバルトリア国が平和で豊かな国のままだったら、きっと適切な治療を受けられただろうし、そもそも病にかからなかったかもしれない。――政策の失敗は、上に立つ者の落ち度だ。それだけの責任を担っているからこそ、贅沢な暮らしを許されているのだから」

どこか平板に響く声音は、いつもの彼らしくなかった。温度が感じられない物言いを訝しく思いつつも、ユスティネは緩く首を左右に振る。

「学がありませんから、私にはあまり難しいことは分かりません。恨んでいないかと問われればはっきり否定もできませんし――でも、憎しみに囚われていても何も解決しないと思っています。なくしたものを数えるより、今持っている幸福に眼を向けた方がずっと幸せです。そりゃ私は両親を喪いましたが、神殿で仕事や居場所をもらえました。充分恵まれているから、余剰分があるなら他に回すのが有意義だと思います。あ、勿論たまにはちょっと美味しいものを食べたりもするかもしれませんけど……」

自分は聖人にはなれない。祈りの日々を過ごすには俗っぽいのだと、ユスティネは笑った。

「……そうかな。僕には、ユスティネほど純粋で清らかな娘もいないと思えるが」

「買いかぶりすぎです。神殿には私より遥かに立派な巫女や聖職者が大勢いるじゃありませんか。私のは、単に世間知らずなだけですよ」

ユスティネだって僅《わず》かな寄付程度では何も変わらないと知っている。

それでも嘆いてばかりいるだけでは意味がないと思ったのだ。

「この前、生活に困窮する人々を救うにはどうすればいいのか議論しましたよね。あの時、私にもできることがあるなら、精一杯やってみようと考えたのです。今までは余裕がなくて無理でしたし、寄付なんてお金持ちや貴族の方がすることだと思い込んでいましたけど、ほんの少額でも受け入れてもらえるとレオリウス様が教えてくださったので……」

ありがとうございますと告げようとしたが、不意に抱きしめてくる彼の腕の力が強まって、ユスティネは振り返ることができなくなった。

自分とレオリウスの身体がピッタリと密着する。まるで初めからそう作られたように、隙間なく重なり合う。これまでとは何かが違う気がして、ユスティネは大きく瞳を瞬いた。

「あの……？　レオリウス様……？」

「……君は時折、僕が思いもつかないびっくりすることを口にする。そのたびに、心が浄化されるような……諌められているような気分にさせられるよ……」

「それはどういう……」

単純に褒められているとは解釈できなかった。むしろ微かに滲む、嫉妬めいたものを感じる。

――そんなこと、気のせいに決まっているのに……

彼が自分になど妬心を覚えるわけがない。何とも馬鹿げた思いつきには、失笑しか浮かばなかった。

「私はレオリウス様と接していると、自分も清く正しく生きていける心地になります。私も貴方のように高潔な人間になりたいと、心から憧れています」

「――高潔？　僕が？」

「はい。レオリウス様ほど清廉な方にお眼にかかったことはありません。あ、ミルカ様も勿論立派な方ですが……私は貴方を本当に尊敬しています」

ユスティネが心を込めて告げれば、一瞬彼の身体がピクリと動いた。それは密着していたからこそ、伝わったことだ。もしも少しでも離れていれば、きっと気がつかなかっただろう。

「……耳に痛いな……」

「え？」

「いや、何でもない。そろそろ行こうか。ユスティネとっておきの花畑を早く見てみたい。案内してくれるかい？」

「あ……はい。喜んで」

レオリウスの腕の拘束が緩んだ隙にすばやく立ちあがり、ユスティネは敷かれたままになっていた彼の上着についた土を払った。幸いさほど汚れてはいない。

改めて上質な服であることを確認し、この上に下働きを座らせようとしたレオリウスの発想に笑ってしまう。

本当に優しい人なのだ。

――こんな方の下で働けて、私は幸運ね……

だから今日のことは奇跡のようなもの。宝物の時間だ。

それなのに、胸が痛むのは何故だろう。首を傾げ、さざめく心に蓋をする。

ユスティネは彼を花畑に案内するために前に立って歩き出した。

◇◇◇

――本当の僕を知ったら、君はどう思う？

前を歩く小さな背中に、レオリウスは昏い瞳を向けた。

こんなにもどす黒いものを抱えた人間を捕まえて、清く正しいだとか高潔だなんてよく言えたものだ。彼女が随分なお人好しなのは知っていたが、あまりにも純真で、時折苦しくなる。

勿論、そんなそぶりはおくびにも出さないけれど――

――全ては目的を達成するための欺瞞に過ぎない。

無害な人間であると周囲に思わせ、玉座になど欠片《かけら》も興味がないふりをして、牙を研いでいる。

そうしてレオリウスは十五年もの間あのケダモノの慈悲に縋るという屈辱に耐え、母を犠牲にして生き延びてきたのだ。もはや自分には失うものなどひとつもない。だったら、利用できるものはひとつ残らず使ってやる。

そのためならば、何を踏み台にして裏切っても後悔などしない。

――たとえ人道に悖《もと》る行為であっても、僕は迷わずこの手を汚すだろう――

好機さえ訪れれば、すぐにでも茨の道に踏み込む覚悟はできている。着々と準備は続けてきた。少しずつ仲間を集め、力を蓄えて。

神殿に届く菓子の差し入れは、本来の目的をごまかすためのものだ。もしもレオリウスが特定の人物と頻繁《ひんぱん》に手紙のやりとりをすれば、あのケダモノの耳に入りかねない。そうなればあの臆病な男は、せっかく忘れかけていた甥の存在を思い出してしまうだろう。

このまま自分の血を引く王子が生まれなければ、レオリウスを後継者として迎え入れ直せとせっつかれることに怯え、またこちらに刺客を送ってくるに違いない。それを避けるためにレオリウスは極力姿を隠し気配を殺すことにしたのだ。

だからさも不特定多数からの差し入れという体《てい》を取り、菓子の種類を暗号代わりにして、レオリウスは外部の支持者と連絡を取り合ってきた。

神殿の内部にもあの男の息がかかった者は大勢いる。むしろ信じられる人間の方が少ない。本当に信頼が置けるのは、ミルカくらいだ。だが彼は長年神に仕え続けただけあって、人間の裏側や醜い面には疎いところがある。

レオリウスの手足として汚い仕事をさせるには、あまりにも不似合いだ。手駒として扱うには、心許ない。

しかし腐敗してしまった王宮にも、心ある者はまだ少数ながら残っていた。

暗号に菓子を選んだのは、叔父に自分がまだ無力な幼子のままだと思わせる目的もある。十五年の間に子供が大人になるのは当たり前のことだが、目の前で成長を見せつけられなければ、案外思い至らないものだ。

――あのケダモノの中で僕は、きっと何もできずに身ひとつで逃げることしかできなかった少年の印象のままだろう――それでいい。気がつかないうちに貴様の喉笛に食らいついてやる……。

その瞬間を夢見て、レオリウスは地獄の底を這いずる心地で命を繋いできた。

父の無念を、母の恥辱を忘れたことは一瞬たりともない。

あとは残るたったひとつの欠片を手に入れられれば、勝機はある。逆に言えば、『それ』

が手に入らなければ、勝ち目はないのだ。

アルバルトリア国で王を王たらしめるのは、血筋だけではない。絶対的に必要なものがあった。どんなに国王に相応しい人柄だったとしても、『それ』を得なければ国や民に認められることはないのだ。

――僕の『乙女』を一刻も早く見つけ出さなければ……

信仰の象徴にして、王の権威を保証してくれる、神から人に与えられた清らかな存在。どんなに立派な人物であっても、所詮人間は人間だ。間違うことも失敗することもある。その時、王の伴侶として隣に佇み助言をし、正しい道に導くのが『乙女』と呼ばれる特別な女性だった。

建国神話に登場する初代『乙女』は、そうして国王と共にアルバルトリア国を築き上げ、繁栄をもたらしたという。

身分も容姿も関係なく、人々に安寧をもたらすために王を補佐する存在。そう信じられているからこそ、国民からの『乙女』に対する尊敬と崇拝には絶大なものがある。下手をすれば王自身よりも尊崇を集めているくらいだ。

普通、国王に息子が生まれれば、すぐさま巫女を一堂に集め『乙女』の捜索がなされる。

しかしレオリウスの誕生時に、いずれ伴侶となる『乙女』は見つからなかった。その後数年をかけ国中を探しても、一向に現れる気配さえなかったのだ。

――だから僕は次期国王に相応しくないと責められ、叔父につけ入る隙を与えてしまった……

自分が不甲斐ないばかりに。いや、あの時『乙女』が隣にいてくれたら、もっと違う未来があったはずなのに。まだ見ぬ彼女を恨むのは筋違いと分かっていても、心に刺さった棘が抜けない。

——どんな手段を講じてでも、見つけ出してみせる。そして必ず手に入れる。

仮に別の誰かの妻になっていたとしても関係ない。相手の男を亡き者としてでも奪い取る。かつてあのケダモノがしたように。

レオリウスはどす黒い闇に己が侵食されてゆく幻影を見た。明るい日差しが降り注ぐ、緑が多い気持ちのいい屋外にいるのに、視界がどんどん暗く濁ってゆく。これまでに利用し用済みになって切り捨ててきた無数の者たち、救えず犠牲になった者たちの怨嗟の声が聞こえる。

お前がしっかりしていたら、誰も死ぬことも苦しむこともなかったのにとレオリウスを責め立ててきた。

いつもこうだ。もしかしたら自分は既に精神の均衡を失っているのかもしれない。けれど、どうでもいい。

——あの男を殺して、奪われた全てをこの手に取り戻す。僕が生きる目的は、それだけだから——

どんな汚い真似にも、いまさら躊躇《ためら》いなどない。たとえば膨大な犠牲を払って復讐を果たせるなら、自分は喜んであらゆるものを破壊する。

時間はもう、あまり残されていない。急がなければ間に合わなくなる。母を救い出して、この国を――――

「あ、ここです。見てください、レオリウス様。よかった……ちょうど満開の季節にご案内できて」

振り返ったユスティネの輝く笑顔で、亡霊たちに纏わりつかれていたレオリウスの意識は引き上げられた。

微塵の翳りもない彼女の様子に、凍えていた思考が溶かされる。もはや何も感じないはずの自分の胸が、微《かす》かに温もった気がするのは何故だろう。

「……ああ、本当にとても綺麗だね……」

一面に広がった花の香りを大きく吸い込んだユスティネがクルリと身を翻し、スカートが揺れた。

光を受け、明るい茶の髪がキラキラと風に舞う。澄んだ水色の瞳は、青空よりもずっと晴れやかな色をしていた。

――――相手が誰でも踏み台にしてみせる。良心の呵責《かしゃく》など、感じるわけがない。

それでも叶うなら、己の醜い本性を彼女にだけは知られたくないとレオリウスは思った。

2　夜の川

その日は、国中が悲しみに暮れていた。

もとより明るい話題などもう何年も聞いた覚えがないけれど、今日はいっそう沈鬱《ちんうつ》な空気に誰も彼もが沈んでいる。当然だ。民の心の拠り所である王妃――『乙女』が身罷《みまか》ったのだから。

神殿内は急な葬儀や儀式の準備に大わらわになっていた。

「……アルバルトリア国はこれからどうなってしまうのかしら……国王様には後継者もいないのに……」

「次の『乙女』様が現れることはあると思う？　まさか王太子様と『乙女』様の両方が空位になってしまうなんてこと……」

「王太子様が決まらないうちに王妃様が亡くなられるなんて、建国以来初めての事態よね」

神に仕える巫女たちも、不安げに囁きを交わしていた。ユスティネはさざめく神殿内を抜け、いつものようにレオリウスのもとへ向かう。だが今朝は、『世話は必要ない』と言われてしまった。

「え？　でも……」

「……悪いが一人にしてほしい。――疲れているんだ」

考えてみれば、当代の『乙女』である王妃は、彼の実母だ。母親を亡くし、平気な子供などおそらくいない。しかもレオリウスは葬儀へ参列することさえままならないのだ。王宮からは正式に『出席はならぬ』とお達しがあったらしい。

もはや王家とは関わりのない人間なのだから、他の聖職者たちと同じように、神殿内で喪に服せば充分だと告げられたそうだ。

――あんまりだわ……王家から離れたと言っても、血の繋がりは変わらないのに。最後に顔を合わせることさえ許してくださらないなんて……

しかもよくよく聞けば、王妃は数年前から病を得て、この数ヵ月は危ない状態がずっと続いていたらしい。だったら何故、一度でもレオリウスと再会させてやらなかったのか。

時間は充分あったはずだ。けれど王宮からは連絡すら全くなかった。

レオリウスの心情を思えば、何も言葉が出てこない。

ユスティネは仕方なく、彼の部屋の扉の前で待機し続けた。他にすることが思いつかなかったからだ。

一人になりたいレオリウスの気持ちを土足で踏み荒らすつもりはない。だがせめて、傍にいたいと願った。

この場から離れるのは簡単だが、彼を独りぼっちにはしたくない。それはたぶん、両親を亡くした際に自分も同じ気持ちだったからだと思う。

誰にも煩《わずら》わされたくないけれど震えるほど孤独だった。世界に自分独りきりになってしまったかのような絶望感に苛まれ、上手く呼吸すらできなかった。あの時、もしそっと寄り添ってくれる存在があったなら、どれだけ救われたことだろう。

当時の自分も余裕なんてまるでなかったから、仮に誰かが近くにいてくれても、気がつかなかった可能性は高い。それでも、ふと周囲を見回した時、黙って支えてくれる人がいるのだと認識できたら、きっと心強かった気がする。

——ただの自己満足かな……でもレオリウス様がここに私がいることに気づかないなら、それはそれでかまわないし……

そんなふうに思い、扉の前で膝を抱えて座り込み、既に何時間経ったのか。

ミルカからは何度も今日は帰るように言われた。だがどうしても腰を上げる気になれず、ユスティネは食事もとっていない。空腹感はないが、外はもうすっかり暮れていた。

レオリウスの部屋の中からは相変わらず物音ひとつしてこない。これ以上この場に陣取っていても、迷惑にしかならないだろう。

「……明日また、参ります……」

「そうしなさい。時間を置けば、レオリウス様の気持ちも落ち着くでしょう」

ミルカの言う通りであることを願い、ユスティネはようやく立ちあがった。長く同じ姿勢でいたせいか、身体中が痛む。そう言えばもう大浴場は閉まっている時間だ。だが鬱々《うつうつ》とした気分を洗い流したい。

それに一応は神殿で働いている身なので、『乙女』の死が発表された日に、身体を清めないのは不敬に当たる気がした。

「……水浴びでもしようかな……」

神殿のすぐ近くには、清らかな川が流れている。この季節では多少寒いけれど、頭をはっきりさせるには、ちょうどいいかもしれない。

ユスティネは下働きの女性が寝起きしている部屋に一度戻り、着替えやタオルを準備すると、神殿の裏口からそっと川へ向かった。

真っ暗な夜、頼りになるのは小さなランプと月や星の明かりだけ。せせらぎが心地よく耳を擽る。

誰もいないことを確認し、岸辺にランプを置くと、ユスティネは手早く服を脱ぎ始めた。

こうして夜の川で身体を洗ったことは過去に数回ある。仕事が立て込んで、大浴場の時間に間に合わないのは、珍しくなかったからだ。

そもそも巫女たちが優先されるので、下働きの者に入浴時間が回ってくるのは、遅い時刻になる。それまでに疲れ切って、寝過ごしてしまうことも多々あった。

ほどではない。

川の水は、案の定ひんやりとしていた。それでも流れが穏やかなせいか、耐え切れない
「……冷たい……」

ユスティネは爪先からゆっくり慣らしていき、裸体を川に沈めていった。しばらくすれば水温に馴染み、寒さはあまり気にならなくなってくる。

見上げた空には満天の星。届かない光が綺麗で、知らず溜め息が漏れた。

「……明日は、少しでも顔を見せてくださるといいのだけれど……」

せっかく美しい夜空を独り占めしていても、少しも心に響かない。そんなことよりも胸を埋め尽くしているのは、レオリウスのことだけだった。

いつもなら笑みを絶やさない彼が、凍りついた表情をし、それどころか一度もユスティネに視線を向けてもくれなかった。

柔らかな声や態度は変わらなかったけれど、言外に強い拒絶の気配が漂っていたのだ。

——私はあの方が辛い時、傍にいられる人間ではないんだな……

別に特別な間柄ではなく、ただの世話係と主の関係なのだから、至極当然のことかもしれない。けれど改めて思えば、とても寂しかった。

孤独や苦悩に押し潰されそうな時、近くにいてほしいと願う相手こそ、本当に大切な人だと思う。

誰でもいいから人肌が恋しい夜もあるが、追い詰められた際に思い浮かべてもらえるよ

うな人になりたい。叶うなら、レオリウスにとって自分がそうであったら……

ぼんやりと浮かんだ考えに、驚いたのはユスティネ自身だった。

自分の妄想に眼を瞬く。いったい何を愚かなことを考えているのか、他に誰もいるわけがないのに、どこか焦って周囲を見回した。

「私……」

冷えた身体に反して、妙に頬が熱い。

いや、身体の内側から熱が生まれてくるような、不思議な感覚だった。意味の分からない自分の反応に狼狽し、ユスティネは川の中でしゃがみ込む。

頭まで水に浸かり、息が続く限界まで水中で頭を振った。薄茶の髪が流れに漂い、水草みたいだ。

やがて苦しくなって水面に顔を出せば、冴え冴えとした月光がユスティネを照らしていた。

「――そんなところで、何をしている？」

乱れた息を整わせていると、少し離れた岸辺から声がかけられた。

闇に沈んで相手の姿はぼんやりとしか見えない。だが、聞き覚えのある艶声で、彼が誰であるかすぐに分かった。

「……レオリウス様」

「ユスティネか……？　こんな暗闇の中で川に入るなんて危ないじゃないか。溺れたらどうするつもりだ？　……まさか」

訝しげだった彼の声音が、焦ったものに変わる。そして被っていたフード付きの上着を脱ぎ捨てると、突然川の中へ入ってきた。

「レオリウス様っ？」

ユスティネが驚きで固まっているうちに、彼は服が濡れるのも厭わず、水飛沫を上げながらすぐ傍まで駆け寄ってくる。

唖然として立ち尽くしていたユスティネは、両肩を左右から摑まれたことで、我に返った。

「ど、どうなさったのですか……？」

「まさか『乙女』の後追いをするつもりではないだろうなっ？」

「え……？」

強い信仰心を持つ者の中には、心酔する『乙女』の死後、自ら命を絶つ者がいる。どうやら自分が入水《じゅすい》を試みたと思われているのだと、ユスティネはようやく気がついた。

「ち、違います……っ、私はただ身体を洗おうと思っただけで……」

「何……？」

「にゅ、入浴時間に間に合わなかったので、ここで身を清めていただけです。これまで何度かしているので、危なくないことは確認済みです……！」

そもそもこんな時間に人と会ったのも初めてだ。普通、巫女も聖職者たちも夜間に出歩いたりしない。

レオリウスの尋常ではない様子にびっくりして頭が真っ白になりかけていたユスティネは、首を左右に振った。すると濡れた髪から滴が散る。

首や肩を流れ落ちる水滴の感触に、今の自分が一糸纏《まと》わぬ姿であることを思い出した。

「きゃ……っ」

幸いにも鎖骨から下は水中に隠されている。しかし羞恥に耐え切れず自らの手で身体を抱くと、ユスティネは川の中で屈みこんだ。

「ユスティネ……っ？」

それをどう解釈したのか、再び声を尖らせた彼の腕がユスティネを抱き寄せ、強引に水中から持ち上げられた。

「やっ……」

川底から足が離れ、浮遊感に慄《おのの》く。だが問題はそんなことではない。背の高いレオリウスに抱き上げられたせいで、腰辺りまでユスティネの身体が水面から露出していた。当然、胸は剝き出しのまま。

何も身に着けていない濡れた肌が、月光の下、淡く発光しているかのようだった。

「……っ？」

「は、放してください……！」

半泣きになりながら身を捩れば、事情を察したのか彼がユスティネを下ろしてくれた。

けれど腕は掴まれたままだ。警戒心は完全に解かれたわけではないらしい。

「……すまない……誤解していたようだ」

「い、いいえ……こんな時間に紛らわしいことをしていた私が悪かったのです……」

身体を見られたことはショックだったが、ユスティネは心のどこかでレオリウス以外の男性でなくてよかったと安堵もしていた。

万が一他の男性だったら、とても立ち直れない。これからは不用意に川で水浴びなど絶対にやめよう。

内心で誓いつつ、ユスティネは身を縮こませた。本当は一刻も早く水から上がりたいのだが、眼の前に彼がいてはできない。先に神殿内に戻ってくれないかと上目遣いに見上げれば、真剣な眼差しでこちらを見つめているレオリウスと眼が合ってしまった。

「……？　あの……？」

「……っ、いや、何でもない……」

夜目ではっきりしないけれど、彼の目尻が仄かに赤かった気がする。けれど確認する間もなく、レオリウスはユスティネに背中を向けた。

「見ないから、早く川から上がりなさい。転ばないよう、焦らず気をつけて」

「は、はい……っ」

どうやら彼は先にユスティネを行かせるつもりらしい。優しいがややズレたレオリウスの気遣いに一瞬迷ったものの、裸のままでは心許ないので、ありがたく受け入れることにした。

とはいえ、水中にレオリウスを残したままである心苦しさと、肌を見られた動揺は、ユスティネの中で欠片も治まっていない。早くしなければと気が急いて、川底の尖った小石の上に片足をのせてしまった。

「痛っ……」

大きく体勢を崩したせいで、ばしゃりと水面が音を立てる。もしかしたら、足裏を切ったかもしれない。ユスティネが痛めた右足を庇い、岸を目指していると、いきなり水中で横抱きにされた。

「え……っ」

「暴れないで。しばらく我慢しなさい。——見ないと約束する」

前だけを向いた彼が、やや不機嫌そうに吐き捨てた。

「も、申し訳ありません……」

自分の不注意で足を怪我《けが》して、面倒をかけてしまったのはこれで二度目だ。いくら親切なレオリウスでも、流石に呆れているに違いない。

ユスティネはすっかり恐縮して胸の前で両手を交差させた。彼にとって自分の身体など興味もないだろうし、むしろ迷惑でしかないだろうが、どうしても恥ずかしさは拭えない。これでもまだ嫁入り前のうら若き乙女だ。どこを見ていればいいのかも分からず、視線をさまよわせる。

岸に下ろされた瞬間、礼もろくに言わずに大急ぎで背中を向けてしまったのは、羞恥と申し訳なさからに他ならなかった。

足の裏の傷を確かめる余裕も濡れた身体を拭く間もなく、ユスティネは畳んであった服を大慌てで身に着ける。

「あ、あの、どうしてこんな時間にレオリウス様は……」

「――少し、外の空気を吸いたくなった。ミルカ様の居室を通らず外に出るには、礼拝堂を抜けるしかない。隠し通路を通ると、この川沿いに出口があるんだ。……普段、使うことはないが今夜気まぐれに思いついたのは、何か予感があったからかもしれないな……」

てっきり顔を背けてくれていると思った彼の声が真後ろから聞こえて、ユスティネは疑問を覚えた。

ふと、これまでのレオリウスなら、何はともあれユスティネの怪我について心配してもおかしくないのではないかと思う。しかし一切触れてこない。それに、彼の醸《かも》し出す雰囲気が奇妙だった。

急に、川のせせらぎが不吉な音に聞こえる。水に濡れたせいだけではない寒気を覚え、ユスティネは肩越しにレオリウスを振り返った。

「……っ？」

まっすぐこちらに注がれる苛烈な眼差し。

睨まれているのかと誤解するほど強い視線に、思わず息を呑む。『見ない』と約束してくれたレオリウスらしからぬ態度に、ユスティネは戸惑った。

いつもの彼と何かが違う。声も姿も同じはずなのに、滲《にじ》む空気が一変していた。普段のレオリウスは春の陽だまりのような人だ。傍にいて安心感や安らぎを与えてくれる。それこそ光が似合う、憧れずにはいられない人。

それが今は寒々しい冷気を漂わせ、凍りついた表情には一片の感情も浮かんではいなかった。夜の闇を従え、支配している。

この顔には見覚えがある。ディーブルの丘で見間違いだと思い込もうとした、何かが欠落してしまったレオリウスの姿。

ユスティネの喉奥で鳴った音が悲鳴になりきらない叫びだと自分が理解する前に、乱暴に手首を握られ、背中を押された。

「痛っ……」

つい傷ついた右足で踏ん張ってしまい、足裏に痛みが走る。しかし苦痛を漏らしたユスティネを無視して、彼は身につけたばかりの服の肩口を引き下ろしてきた。

「や、やめてください……！」

こちらの抗議の声が聞こえていないのか、レオリウスの指先がユスティネの素肌に触れた。普段なら、服と髪で隠されている部分に、男性の指先が這い回る。その見知らぬ感触に、経験したことのない愉悦が広がった。

擽ったくて嫌なのに、どこか気持ちがいい。焦燥《しょうそう》を掻き立てられるような、落ち着かない心地になる。しかもユスティネが振り返らなくても、焦げるほど熱い視線が注がれているのが分かった。

きっと眼差しには温度がある。火傷しそうなくらい、凝視されていた。

「な、何を……」

掻き分けられた髪にも濡れた肌にも、彼の吐息を感じる。それだけ至近距離で見られているのだ。肌に食い込んでくる男の指の力に、怯えるなと言う方が無理だった。

「嫌っ……」

振り払おうとしても、容赦なく手首を摑んでくる大きな手に、ユスティネの骨が軋《きし》む。逃れようと足掻《あが》くたびに、拘束が強くなる。

後方に引き寄せられたと思った次の瞬間には、完全に男の腕の中に囚われていた。

「な……っ」

いったい何が起こったのか、ユスティネにも分からない。ただ平素と違うレオリウスの雰囲気が、ひたすらに恐ろしかった。まるで見知らぬ人のようだ。実際、こんなに強引で冷たい空気を醸し出す男性を、ユスティネは知らない。

彼の服がずぶ濡れのせいで、いつも以上に身体の線が生々しく伝わるからなのか、先日ディーブルの丘で抱きしめられた日とは全く違った。

あの時は緊張はしても恐怖など微塵もなかったのに、今夜は——

「レオリウス様……っ、放してください……！」

いつも過剰なほどユスティネを気遣ってくれるのに、今日は声さえ聞いてくれない。何を言っても、抗議しても届かない虚しさを感じた。

ただもがくほど、拘束がきつくなる。

無言を貫かれることが、こんなにも恐ろしいなんて知らなかった。苦しいくらい抱きしめられて、ユスティネの胸に湧き上がるのは混乱ばかりだ。せめて説明を、と不自由な体勢の中彼を振り返れば、笑顔と呼ぶにはあまりにも歪に唇の端を吊り上げたレオリウスがいた。

「……っ」

「は、ははは……っ、やっと見つけた。まさかこんな形で出会うとは、夢にも思っていなかった……！」

ひび割れた哄笑《こうしょう》はユスティネの背筋を震わせるのに充分だった。

彼の視線は、相変わらずこちらに注がれている。正確にはユスティネの背中だけしか見ていなかった。

肩甲骨の間よりもやや上方。これまで、ユスティネは両親以外にそこを見せたことはない。

何故なら生まれつき醜い痣《あざ》があるからだ。母からは『絶対に誰の眼にも触れさせては駄目よ。口にしてもいけない。約束してね』と繰り返し言われてきた。もっとも、ユスティネ自身は一度も眼にしたことはない。しかしその場所を検分されているのだと悟り、余計にどうすればいいのか分からなくなってくる。

とにかく隠さなければと思うのに、ろくに身動きひとつできなかった。

「そ、そんなもの……見ないでください……！」

両親ですら醜いと感じた痣を、レオリウスに知られたくなかった。恥ずかしくて悔しくて、涙が滲む。ユスティネが戦慄《わなな》きながら懇願すると、指とは違う柔らかなものが背中に押しつけられた。

「……!?」

「——ああ、母上が持っていた証と全く同じだ……やっと……やっと見つけた」

「あ、証……？　母上と言うのは、王妃様のことですか……？」

くぐもった彼の声と呼気の温もりに、レオリウスがユスティネの肌に唇を押し当てたのだと悟った。彼が話すたびに舌先が背中を掠め、ゾクゾクする。

今や腹に回されたレオリウスの腕がユスティネを戒め、背中を丸めて抵抗することもできなくなった。

「この花の形をした痣こそ、『乙女』の証。玉座に座る者に天から与えられる対となる存在だ」

「な、何のお話ですか……？」

彼が言っている意味がまるで理解できない。混乱の極致で、ユスティネは全身を震わせた。

逃げなくては、と本能が警鐘を鳴らす。今のレオリウスは、どこかおかしい。おそらく母を亡くしたばかりで、気が昂《たかぶ》っているのだろう。きっと明日の朝になれば、少しは落ち着きを取り戻してくれるはずだ。

これまでのように理知的で優しいレオリウスになっているに決まっている。自分は彼の身の回りの世話をこれからもし続け、時間がかかったとしても、穏やかで平和な毎日をまた過ごせると信じている。

そうあってほしいと、ユスティネは心の底から願っていた。

「――皮肉なものだな。唯一、君でなければいいと思っていたのに――」

「や……」

悲鳴は、乱暴な口づけに食らわれた。

叢《くさむら》に押し倒され、強かに背中を打つ。驚きに眼を見開けば、冷たい表情をしたレオリウスが輝く星を背に覆い被さってきた。

彼はまだ寝衣に着替えていなかったらしく、祭服のまま。清廉さを象徴する聖職者の衣装が、ずぶ濡れのせいか色が濃くなり汚れて見えた。

「レオリウス様……？」

視線に射貫かれる。地べたに磔《はりつけ》にされた哀れな虫の気持ちが、今なら理解できた。

状況を理解できないままユスティネが視線を揺らせば、彼も微かに双眸を揺らめかせる。

「――『乙女』の証は、身体に現れる。これは代々の王と王太子、捜索を担う巫女、王妃に仕えるごく一部の者だけが知っていることだ。次の王となる子供が生まれると、神から下されると信じられている。でも僕が生まれた直後も数年経ってからも『乙女』はなかなか見つからず、随分肩身の狭い思いをしたよ。ひょっとしたら僕は玉座に座るべき人間ではないのかと……けれど納得した。ユスティネは確か十八歳になったばかりだったね。僕との年の差は五つ。見つからなかったのは、やっと君が生まれた当時、王宮はあの男の画策のせいで混乱し始め、『乙女』探しは後回しにされていたからだ」

「お、おっしゃっている意味が分かりません……っ」

伸し掛かられ、押さえつけられた身体が痛い。いくら草の上でも、その下には小石が無数にあるのだ。何の斟酌もなく摑まれた手首は、握り潰されてしまうのではないかというほど強く拘束されていた。

「君の背中にある痣を、人に見せたことはない？」

「は、母が……あまり綺麗なものではないから、誰にも決して見せたり話したりしてはいけないと……っ」

「……へぇ。淡い朱色の花が咲いているみたいで、醜い痣などではないのにね？　もしかしてユスティネの母上は何か知っていたのかな？　考えられるとしたら――『乙女』である王妃に仕える侍女は滅多に入れ替わることがないけれど、僕が生まれた翌年一人だけ結婚を機に暇乞いをした女性がいたと聞いたことがある。母は彼女をとても気に入っていたそうで、懐かしげに思い出話をしていた記憶があるよ」

ユスティネは、母親がかつてどこで働いていたのかなど、聞いたこともなかった。父と仲睦まじく、愛情深い普通の母親だと思っていただけだ。

けれどよくよく思い出してみれば礼儀作法や教養などは、一般的な平民の女性が身に着けているものを遥かに凌駕していた気がする。

ふとした瞬間に垣間見える美しい所作であったり、深い見識であったり、子供の頃は何も感じなかったが、冷静に考えれば母はそれらをいつどこで身に着けたのだろう。

「君が何も知らなかったのも当然かもしれないな。侍女は職を辞すときに王宮内で見知ったことを一切漏らさないと誓いを立てる。相手が我が子であっても一生秘密にすると約束しなければ、辞めることなどできないから」

しかしおそらく、それだけではない。

ユスティネの母はいつも娘に『普通の結婚をしてほしい』と言っていた。たぶん彼女は我が子の背中にある痣の意味を理解していたのだ。

その上で隠そうと決めたのではないか。

自身が侍女として王宮に勤め、王妃の苦悩や政権争いに巻き込まれる大変さ、醜い部分を知っていたから――

「わ、私は……『乙女』様などではありません……っ、レオリウス様の勘違い……っ」

「僕がこの痣を見間違うはずがない。この十五年間……いや生まれてからずっと探し続けてきたものなのだから」

彼の澄んでいた碧の瞳がどろりと濁った。

月が雲に隠されて、夜の闇が深くなる。不意に、川辺を抜ける風も変わった気がした。

湿度を孕み、肌に纏わりつく。

泥の中に沈みこむような不快さと息苦しさが、ユスティネの四肢《しし》を重くしていった。

「……レオリウス様……っ、王妃様のことはさぞお辛いでしょうけど、落ち着いてくださ
い。どうかいつもの貴方に戻って――」

「いつもの僕？ 無害で無力な、善人の皮を被った愚かな男のことかい？」

侮蔑《ぶべつ》が滴る彼の声音に、ユスティネの胸が締め付けられた。

何を言っても届かない――そんな虚しさをヒシヒシと感じる。こんなにも近くにいる
のに、レオリウスとの距離は離れる一方だった。

手を伸ばせば届く。それどころか吐息さえ交じり合うほど密着している。けれど永遠に
隔たれている心地がしたのは、たぶん思い違いなどではなかった。

「やっと見つけたんだ。逃がしはしない。誰かに奪われる前に、僕が手に入れる」

「嫌……っ！」

頭から被る形の簡素な夜着を下から捲《めく》り上げられ、ユスティネは悲鳴を漏らした。

抵抗するため突き出した手は、易々と束ねられて頭上に張り付けにされる。

大きな手に太腿を直に辿られていると気がついた時には、夜着の裾は腹辺りまでたくし

上げられていた。

「やめてっ……」

露出した下着を脚から引き抜かれ、下肢を守ってくれるものはもう何もない。あり得ない場所に感じる風の動きとレオリウスの視線に、ユスティネの肌が粟立った。

「暗闇の中で、君の身体だけが白く発光しているみたいだ」

普段服で隠されている肢体《したい》は、日に焼けていない。誰にも見せたことのない場所を凝視され、ユスティネの眦《まなじり》に涙が滲んだ。

こんなことは、おかしい。きっと悪い夢だ。彼が嫌がる自分に非道な真似をするわけがない。

そう頭では思うのに、ユスティネの身体をまさぐるレオリウスの生々しい手の感触が、現実逃避を許してくれなかった。

「ひっ……」

今や胸の上まで夜着を捲《めく》られたせいで、乳房も彼の眼前に晒されている。冷えた空気のせいなのか、ユスティネの胸の頂はツンと尖り赤く色づいていた。

肌の白と赤の対比が、艶めかしく夜を彩る。

神殿のすぐ脇の屋外で、卑猥《ひわい》なことに耽《ふけ》るなどあり得ない。ましてレオリウスは聖職者だ。ユスティネの頭の許容量はとっくに溢れ、現状を理解することができなくなった。

「た、助けてください……っ」

いったい誰に助けを求めているのか、自分でも判然としない。

第三者にならもっと大声を出さねば届くはずがないのに、ユスティネの叫びは掠れて川のせせらぎに掻き消された。

もしも彼に救いを求めているなら、これほど滑稽な話もない。自分を組み敷いて無体を働こうとしている男に許しを乞うて、どうするつもりなのか。あまりの馬鹿らしさに呆れてしまう。だがユスティネは真剣だった。

まだ、レオリウスが酷いことをするわけがないと心の底で信じているからだ。

本気で自分が嫌だと拒めば、やめてくれるに違いない。共に過ごした時間はふた月にも満たなくても、レオリウスの心根の優しさは重々承知しているつもりだった。彼は他者を虐げて喜ぶ下劣な人間ではない。

「――泣くほど僕が嫌いか？」

幾筋も頬を流れるユスティネの涙を、彼の指がそっと拭ってくれた。その壊れ物を扱うような繊細な触れ方に、やはりレオリウスは穏やかで気高い人なのだと思い、僅かにユスティネの緊張が緩んだ。けれど。

「……でも、どうでもいい。君の気持ちなど、僕には関係ない。ユスティネが泣き叫んで抵抗しても、無駄なことだ。痛い思いをしたくないなら、早く諦めてくれ」

冷酷な微笑がこの世にあるとすれば、自分は今紛れもなくそれを目撃したのだろう。

欠片も笑っていない瞳に見下ろされ、全身が竦み上がった。

ユスティネの喉を震わせたのは、声にならない吐息だけ。強引に膝を割られ、彼の指先が秘部へ忍びこんだ。

「や、ぁっ……」

脚を閉じようとしても、間にレオリウスがいるので叶わない。もがくユスティネの身体は、容易に逃げ道を塞がれた。

「僕も暴力は極力ふるいたくない。だからせめて……君の自由を奪おう」

「えっ……」

ユスティネは頭から引き抜かれた夜着を両手首に巻きつけられて、いっそう身動きが取れなくなった。しかも今度は頭上ではなく背中側で両腕を一纏《ひとまと》めにされる。

芋虫の如くうつ伏せで地面を這うユスティネの背に、彼が折り重なってきた。

「レオリウス様っ……」

「叫んでも、神殿まで君の声は届かないよ。あまり大声を出せば喉を痛めるだけだから、やめた方がいい」

さも、こちらを気遣うような物言いは卑怯だ。ユスティネを追い詰め、悲鳴を上げさせようとしているのは彼本人なのに。こんなふうに労る言い方をされると、非道な真似を強いているレオリウスと、これまで接してきた優しく高潔な彼との落差に混乱した。

ユスティネが見てきたレオリウスが完全に失われたわけではないのだと、期待してしまう。何かボタンを掛け違えただけで、きっかけさえあれば元の彼に戻ってくれるのではないかと――

「駄目……っ！」

剝き出しの乳房を鷲摑《わしづか》みにされ、自分の身体に他者の指が食い込む感覚を初めて知った。淫靡に形を変える柔肉を視界の隅で捉えても、直視する勇気はない。

みっともなく身体をくねらせ、少しでも離れようと足掻くだけ。

ユスティネは背後で括られた両腕を解こうとして暴れたが、真上から押さえ込まれて彼の身体の影にすっぽりと埋まった。とても腕力でも体格でも敵わない。どう抵抗したところで逃げられないのだと、言葉にされるまでもなく心が折れてしまった。

「草で肌を痛めるつもりか」

「だったら、やめてください……！」

涙を振り払って首だけ後ろに捩れば、膝立ちになったレオリウスが服を脱ぎ捨てるところだった。月明かりに見事な造形美が浮かび上がる。

異性の裸など、幼い頃に父親のものを見たことしかない。大人になってからは、恋人すらできたことがないのだ。

だから手を繋いだのも、抱き寄せられたのも、口づけも全部、ユスティネにとってはレオリウスが初めてだった。

彼の首にかけられたネックレスがか細い光を受け煌《きら》めく。

普段、聖職者たちが服の下に身に着けているものだ。祈りの際は、祭服の上から飾り部分に手を当てるのが決まり。他者には見せることのないものなので、当然ユスティネも眼にしたことがなかった。

金の鎖の先に下げられているのは、ラスアルヴァ神を模《かたど》った形。

間違いなくレオリウスが聖職者だと示されると同時に、本来は絶対に見る機会がなかったネックレスが彼の裸の胸で揺れる光景に、眩暈《めまい》がした。

背徳感と言ってもいい。

引き締まった筋肉の上で揺れるネックレスは、とても清らかさの象徴には思えなかった。

「……濡れているから少し寒いかもしれないが、肌を傷つけるよりはマシだろう」

言うなり、レオリウスは先刻まで身につけていた服を叢《くさむら》に広げ、ユスティネの身体をその上に転がした。びしょ濡れになっていても彼の体温が残っているせいか、仄かに温かい。

しかし微かな熱はすぐに失われてゆく。

そんな心配りをしてくれるのに、何故――――という疑問は声に出して問うことはできなかった。再び唇を塞がれ、肉厚の舌にユスティネの口内は蹂躙《じゅうりん》されたからだ。

「んん……っ、ふ、アっ」

仰向けにされたせいで、縛られた手が身体の下敷きになって痛い。ユスティネが眉根を寄せると、またうつ伏せに返された。レオリウスには、自分を徒《いたず》らに痛めつける気はないらしい。だとしたらどうしてと、なおさら今夜の暴挙の理由は分からなくなった。

「ひぃ……っ」

腰を後ろに引かれ、軽く膝立ちの状態にされる。だが後ろ手に戒められているので、当然ユスティネの体勢は上半身を地面に突っ伏したままだ。尻だけ掲げるような恥ずかしい姿勢を強要され、新たな涙がこぼれ落ちた。

「やだぁ……っ」

背筋を舐められ、指先までひくつく。嫌悪なのか別のものなのかさえ、判断できない。ユスティネにとって、全てが初めての経験だから、自分が感じているものの正体が何なのかも知らないのだ。

ただ、全身が熱くなる。頭も顔も、爪先まで、何もかもが発熱していた。

清めたばかりの肌には汗が滲み、吐き出す息は滾《たぎ》っている。あちこち身体中を触られて、末端まで種火を埋め込まれているみたいだ。

彼に触れられた場所、全部がチリチリと焼けている。温度を感じないはずの髪でさえ、熱くてたまらなかった。

やめてと懇願しながらも、揺すった尻に硬いものが掠め、不可思議な衝動に駆られる。奇妙に喉が渇いて、ユスティネは下敷きになったレオリウスの服に頬を擦りつけた。

「何で……っ」

「君が『乙女』だから。あのケダモノを引き摺り下ろすための道具になってもらう」

――道具。

その一言で、彼がいずれ正気を取り戻してくれるという淡い期待は砕かれた。

もうここにいるのは、ユスティネが知るあの人ではないのだ。どんなに自分が泣き叫んでも、微塵も気にせず力づくで屈服させようとする『男』でしかない。

ユスティネが尊敬し憧れたレオリウスなど、本当は最初から存在しなかったのか。

――裏切られた……

勝手に期待し、願望を投影していただけだと言われれば、その通り。けれどユスティネが胸の奥で大事にしていた想いは、ボロボロに汚れてしまった。木っ端みじんに砕かれて、もう元の形も思い出せない。

溢れた涙が、彼の服に滴り落ちた。

「ユスティネ……」

襟足に口づけられ、凍える心とは裏腹に肌が燃える。

どうか名前を呼ばないでほしい。ユスティネが大好きだった柔らかな声で。優しい響きで。うつ伏せにされ姿が見えない分、切なさが募ってしまうから。

「酷い……」

「恨んでくれて、かまわない。いや一生呪ってくれ。その代わり、ずっと傍にいてほしい」

最後の言葉をもっと違う意味で言われたなら、どんなに嬉しかったことだろう。きっとユスティネは小躍りして、何度も頷いたはずだ。

命ある限り離れないと、心の底から誓ったに違いない。でも今はもう、そんな純粋な気持ちは跡形もなく消え失せてしまった。

「……嫌い、です。こんな酷いことをするレオリウス様など大っ嫌い……！」

「愛されようなんて、最初から望んでいない」

これは愛し合う二人が交わす行為なのに。虚しさが込み上げ、ユスティネは嗚咽を漏らした。

「う……っ、く」

震えた肩を撫でてくれる気まぐれさなどいらない。よりいっそう残酷なだけだ。

止まらなくなった涙を堪えようとしても後から後から溢れるせいで、非情な男に文句のひとつもぶつけられない。触らないでと言ってやりたいのに、撫でられることが気持ちいいのも、紛れもない事実だったせいだ。

ユスティネの身体を容赦なく暴いていくくせに、レオリウスの手は決してこちらを傷つけるような真似をしてこなかった。

強引ではあっても、乱暴ではない。

ユスティネの自由を奪うために縛ったことだって、余計な怪我をさせないためだろう。

薄い下生えを掻き分ける指先がそっと花芯を転がし、こちらの快楽を呼び覚まそうとしていることが、その証明だった。

「……ぁッ……」

自分でもろくに触れたことがない秘めるべき場所を捏ね回され、勝手に腰が痙攣《けいれん》した。

尿意に似た切迫感が込み上げる。けれどそれよりも、ユスティネは自分の口から漏れた声が淫らさを含んでいたことが、何よりも衝撃だった。

「ここが気持ちいい？　素直な身体だ。それともいくら嫌いな男であっても、ユスティネと僕はやっぱり引き合わずにはいられないのかな。君は神から僕に与えられた祝福だから」

「違……っ、私は……！」

「ユスティネは、僕のために生まれたんだ。だから最初から全部、僕だけのものだよ」

「やぁっ……！」

絡みつく腕に、搦め取られる。

花弁を摩られ、身体の奥から得体の知れないものが滲みだした。そのぬるつく液体の滑りを借り、彼の指先がなおさら淫猥《いんわい》に蠢《うごめ》く。

「ふ……ぁ、あッ」

瞬間、甘い愉悦が弾けた。

ユスティネの変化を見逃すはずのないレオリウスの含み笑いが落とされる。親指で淫芽を擦り上げられ、何物も受け入れたことのない蜜窟に中指が沈められた。

まだほんの第一関節分だけ。それなのに、異物感が凄まじい。

ぬちぬちと微かな水音が、川の流れに掻き消されることなく耳に届いた。いやらしい淫音が自分の身体から奏でられているのだと思うと、恥ずかしくてたまらない。しかしユスティネの羞恥を糧にして、いっそう体内に灯った焔は火力を増していった。

「ん……ぁ、あ、やめて……っ、ひぅっ」

四つん這いめいた卑猥な体勢で、恋人でも夫でもない男に食らわれようとしている。

屈辱感からいっそ舌を噛んでしまおうかとも思った。だが、どうしてもできない。怖かったせいもある。しかしそれ以上に巧みに快楽を植え込まれて、ユスティネの思考が蕩けてしまったからだ。

不思議な強制力が働いているのでは、と勘繰るほど抗う力が失われてゆく。彼に全てを捧げたいと信じられない感情が生まれ、ユスティネの肉体は悦びを覚え始めていた。

——違う。私はそんなことを望んでいない……！

幾度否定しても、理性が侵食される。逃れる術がないから、余計な抵抗など無意味だと嘯《うそぶ》いて、この蹂躙を受け入れたがっている自分がいた。何故なら、レオリウスこそが己の半身だから。定められた運命だから。

——嘘。『乙女』がどうこうなんて、私には関係のない話よ。レオリウス様の空気に呑まれただけ。私はどこにでもいるただの平凡な女だもの。——助けて、お母さん、お父さん……！

娘の『普通の幸せ』を願ってくれた両親を思い出し、消えかけていた闘志が呼び覚まされた。流されそうになる思考を叱咤《しった》して、ユスティネは再び身を捩り暴れ出す。

「こんな真似をしても、私は貴方のものになどなりません……！」

「なるよ。『乙女』を手に入れるというのは、そういうことだ。身体を重ねた相手に、君たちは王たる権威を与える。――皮肉にも、母が証明したことだ」

「やぁあ……っ」

隘路《あいろ》を探る指の本数を増やされ、少し苦しい。だが太腿を伝う愛蜜は増える一方だった。

聞くに堪えない卑猥な水音が大きくなる。

ユスティネの四肢が震え、体内の喜悦が出口を求めて荒れ狂った。

「ひ、ぁ、アッ……」

望まぬ快楽は暴力に等しい。なす術なく、されるがまま翻弄された。

陰唇からは涎を垂れ流し、肉壁を摩擦され花芽を嬲《なぶ》られる。そのどれもが気持ちいい。

花弁を掻き回されて、蜜口が収縮する。

ユスティネの身体のもっと奥、誰も到達したことのない場所が、渇望も露《あらわ》に疼《うず》いて仕方なかった。本能がレオリウスを求めているかのようで、絶望感に苛《さいな》まれる。

嫌だと思う気持ちは本心なのに、自分の身体を制御できない。内側に挿入された彼の指を曲げられ、出したくもない嬌声《きょうせい》が漏れた。

「ふ、ぁああ……っ」

「まだ狭い。もっと解さないと、君を苦しませるだけだ」

「い、いまさら……っ、ぁ、あんッ」

既に充分苦しんでいる。もしも彼にユスティネを哀れに思う心が欠片《かけら》でも残っているなら、やめてくれればいいだけだ。

——今なら、まだ……っ
ユスティネの背中に覆い被さっていたレオリウスが身を起こし、二人の間に隙間が生まれた。自分の願いが通じたのかと、ユスティネは性懲りもなく希望を抱く。けれど懸命な祈りも虚しく、後ろに座った彼に尻を左右に割られ、より耐え難い恥辱を与えられただけだった。

「嫌ぁっ」

身体の恥ずかしい部分を、全部見られている。たとえ光源の乏しい暗がりであっても、これほど近くで覗きこまれれば、同じことだ。

ユスティネはこれまで以上に暴れて酷い辱《はずかし》めから逃れようとした。だが、直後に膝が崩れるほどの快感に襲われ、艶めかしく喘《あえ》ぐ。

「あぁあ……っ」

指とは違う柔らかく蠢く何かに、秘裂を嬲られている。しかも入り口だけではなく、それは陰路にまで侵入してきた。

ぐねぐねと動くそれに濡れ襞を摩擦され、何も考えられない。圧倒的な淫悦に支配され、ユスティネは背筋を戦慄かせた。

「ひぃ……っ、や、あ、あああっ」

啜られる感覚に、ようやく何をされているのか悟った。レオリウスに不浄の場所を舐め

られ、あまつさえ味わわれている。

逃げ出したくても、手も足もユスティネの自由にならず、喜悦に踊り、打ち震えるだけ。濡れ髪を振り乱して鳴き喘いでも、抵抗になるはずもない。精々がユスティネの感じている快楽を彼に余すことなく伝えるのみだ。

「あっ……、や、変になっちゃう……っ！」

弾ける予感に下腹が波打った。ユスティネの口の端から唾液が伝い、涙と汗も相まってぐちゃぐちゃになっている。けれどそんなことを気に掛ける余裕もなく、ユスティネは生まれて初めての絶頂に押し上げられた。

「……ぁ、あああっ……」

光が眼前に瞬いた。音が遠ざかり、全身が引き絞られる。数度の痙攣《けいれん》の後虚脱した身体は、レオリウスの服の上にだらしなく倒れこんだ。

「……ぁ、ぁ……」

「──上手にいけたね、ユスティネ。今度は僕を受け入れ認めてくれ」

「認め、る……？」

これ以上何を求められているのか分からず、ユスティネは整わない息の下から彼を見上げた。全身が怠い。重くて自分のものではなくなったみたいだ。

だから後ろ手に縛られた手をようやく解放されても、もはや抵抗する気力は残されていなかった。

「……手首が赤く擦れてしまったな。――でも謝る気はないよ。どうせこれからもっと酷いことを君に強いるのだから、僕の謝罪なんて自己満足でしかない」

長く拘束されていたせいで感覚の乏しくなった手首を撫でられ、悲しくなったのは何故だろう。コロコロ変わる自分の気持ちが、ユスティネにも理解できなかった。

レオリウスを信じたいと願い、裏切られたと憤り、母親を亡くしたばかりの憐れみも感じている。非情な人だと失望もしたのに、今感じている気持ちの名前が分からない。

ただひとつだけ――どうか泣かないでほしいと思った。

――馬鹿みたい……泣いているのは私で、レオリウス様は冷酷な顔をして私を道具と見なしただけなのに……

仰向けにされた視界に、皮肉なくらい星空が輝いていて、眩暈がする。

ディーブルの丘や両親の思い出の花畑で過ごした時間は、二度と戻らない。遠く隔たれ、ひたすら胸が締め付けられる。縋るものが欲しくて、ユスティネは無意識に両手を彼へ伸ばしていた。

「……可哀想なユスティネ」

レオリウスがユスティネの手を取り、その掌に口づけてきた。

つい先刻、おかしくなりそうな快楽を刻んできた唇が、どこまでも優しく押し当てられる。火傷しそうな熱ではなく、温もりが染み込んだ。

ユスティネの目尻から溢れた涙が、音もなくこめかみを伝い落ちる。もう、川のせせらぎも耳に届かなかった。

「……っぅ」

大きく脚を開かされ、互いの濡れた肌が擦れ合うとゾクゾクと愉悦が走る。汗か、川の水かどちらでもかまわない。どうせ二人、同じ体温になっていた。

銀の髪から滴った水滴が、ユスティネの肌を滑る。その際、また『泣かないでほしい』と願った自分には、失笑しかない。きっともう、頭がおかしくなり始めているのかもしれなかった。

おそらくレオリウスの狂気に呑まれたのだ。それとも悪夢に囚われたのか。

濡れそぼった花弁に、硬いものが押し当てられる。溢れた蜜を馴染ませるように数度上下し、やがて彼の楔《くさび》がユスティネの陰唇を抉《こ》じ開けた。

「……っぃ、ぁ……ッ」

「力を、抜いてくれ……っ」

無垢な隘路が容赦なく引き裂かれる。とても大きさが合わないと感じる質量が体内に入って来る感覚は、恐怖でしかない。壊れると本能が怯え、上へ逃げようとしても引き戻された。

「……逃がさない」

「ぐ……ぅあ、やぁっ……」

激痛に苛まれ、息も忘れた。呼吸する余裕が失われ、歯を食いしばること以外何もできない。ユスティネの全身が強張って、レオリウスも苦しいのか、大きく肩で息をした。

「ユスティネ、こっちを見なさい」

「無、理……です……っ」

何かに焦点を合わせることすら今の自分には難しい。思い切り閉じた瞼《まぶた》が痙攣し、持ち上げる方法など忘れてしまった。けれど額や頬、目尻にもキスをされ、ガチガチになっていたユスティネの身体が僅かに綻ぶ。

彼の掠める唇が、優しく柔らかな記憶を呼び覚ましてくれたからかもしれない。

以前の彼と口づけなどしたことはないけれど、いつだって言葉や態度で慰められてきた。励まされたと言ってもいい。レオリウスのような人がまだいるのだと思えば、アルバルトリア国で生きることにも希望が持てた。自分だっていつかは、両親が望んでくれたような『普通の幸せ』を手に入れられるのではないかと――

――全部幻……

煌めいていた過去が幻想だったのなら、今夜のことも偽物であればいい。彼と過ごした宝物の時間など、最初からなかったと思えば救われる。夢見たユスティネが、愚かだっただけ。

「ぅ、あ……っ」

ほんの僅か開いた視界の中に、仄かな想いを寄せた男がいた。だがその恋心は、花開く前に踏みにじられた。もう二度と、芽吹くことはないだろう。

諦念の中、ユスティネはレオリウスから口づけを受けた。

粘膜を擦り合わせ唾液を交換すれば、凍える胸とは逆に身体が熱を帯びる。縺れたユスティネの髪を梳いてくれる彼の指も、発熱していた。

「ふ……ん、ぁ……」

「もっと舌を伸ばして。――君を無駄に痛めつけたくはない」

いったい何を信じればいいのか、見えなくなる。

レオリウスの声も言葉も態度も行為も、全部が統一性を欠いていた。

乳房の飾りを摘まれ、一番敏感な肉芽も転がされる。指の腹で擦られ強めに押し込まれると、遠のいていたはずの喜悦がユスティネに灯された。

「ぁ、……んっ……」

相変わらず貫かれた蜜口も、埋め尽くされた肉洞も痛い。微かに身じろぎするだけで、傷口を抉られるようにジクジクと鈍痛を訴えてくる。

けれどレオリウスがユスティネの過敏になった花芯を捏ね回すうちに、愉悦の比率が大きくなった。

「あッ……」

「息を吸って」

言われた通り素直に従ってしまったのは、少しでも楽になりたかったからだ。人は苦痛よりも心地いいことの方へ簡単に流される。

「いい子だ、ユスティネ」

額にキスされ、いっそう身体の強張りが解けたのは、自分でも愚かしいと感じる。しかも彼が上体を倒したせいで、結合が深くなった。

聖職者のネックレスの飾りが、ユスティネの肌に触れる。その揺れ方が妙にいやらしい。

ユスティネの体内に収められたままの屹立が、最奥を目指して押し込まれる。腹の中を支配する圧迫感に慄けば、レオリウスに秘豆の表面を撫で回され、淫悦が膨れた。

「ぅ、く……っ、や、ぁ……っ」

「……は……、君の中は狭くて……とても温かい。抱きしめられていると、勘違いしそうになる……」

二人の腰が隙間なく重なり、彼の剛直を全て呑み込んだのだと悟った。純潔を失った瞬間は、悲鳴も上げられないほど辛く、今だって、涙が止まらない。ユスティネはもう元の岸辺には帰れないし、対岸は遠く、永遠に明けない夜に沈んでしまった。

「……貴方が嫌いです……っ」

「知っている」

何度も瞬いて、涙で滲んだ視界を振り払った。それでもユスティネにはレオリウスの顔がよく見えない。雲に月が隠され、闇が深く凝っていた。

「――どれだけ僕を嫌い憎んでも、君の全てを僕は手に入れる」

その『全て』に心が含まれていないことはハッキリしていた。求められたのは身体だけ。

さもなければ『共にいる』という事実だけ。何て虚しく無意味な繋がりだろう。

緩やかに動き出した彼に穿たれ、ユスティネの身体が揺れる。勝手に乱れる呼吸が淫靡で、混じる声は段々甘い吐息に変わった。

いっそ激痛だけを与えてくれたらよかったのに。そうすれば、心置きなく怒りと嫌悪を向けられた。けれど実際には、レオリウスはユスティネに快感を刻みこもうとしている。力づくで奪い蹂躙しているくせに、こちらの反応を気にしているなんて滑稽《こっけい》だ。

――道具だと、言ったのに。

使い捨てるつもりなら、情けなどかけないでくれと胸中で叫ぶ。弱い自分は、幾度掌を返されても、淡い期待を封印しきれないから。

「……ぁ、ゃ、ぁ、ああっ……」

濡れた音と肌を打つ打擲音《ちょうちゃくおん》が激しくなる。視界が上下にぶれて、ユスティネの爪先が闇夜で揺れた。蜜窟が収縮し、彼の形がまざまざと伝わってくる。絡みつく肉壷を振り払うように抉られて、指先まで痺《しび》れが走った。

「ぁああ……っ」

最奥に密着した切っ先で体内を小突かれ、ユスティネの眼前に光が散る。喜悦が痛みを凌駕して、また『あれ』がやってくる予感に全身から新たな汗が噴き出した。

「駄目……っ、ぁ、ゃぁあ……！」

「ユスティネ……っ」

名前を呼ばれたのを引き金に、ユスティネは絶頂に飛ばされた。背をしならせ、ガクガクと震える。太腿でレオリウスの身体を挟みこみ、腹の中を熱液で満たされる感覚を甘受した。

「あぁあ……っ」

身体の中から白く塗り潰される。

熱い迸りに子宮を叩かれ、ユスティネは彼に自分を作り替えられてしまったのだと思った。

ここにいるのは、神殿で働く『ユスティネ』ではない。レオリウスの目的のための道具。

「……ようやく君を、手に入れた……」

――『私』ではなく『乙女』という道具を、でしょう？

もしも痣を持つのがユスティネではなかったなら、こんなことにはならなかっただろうに。彼が自分に手を出すことなど、きっとなかった。

――そうしたらレオリウス様は私の知らない別の誰かを、狂おしく求めたの……？

ふと思い至り感じた痛みの名前を、限界に達し意識を手放したユスティネに見つけることはできなかった。

眼が覚めて視界に飛びこんできたのは、真っ白な天井だった。

ユスティネが普段寝起きしている、下働き女性の相部屋ではない。もっと広く、何よりも静かだ。

――いつもなら朝は、皆準備で大わらわなのに……

静まり返った室内に疑問を感じ、次に寝心地のいい寝具に気がついた。

「え……？」

硬いベッドに敷かれた薄い布団に包まって、朝は日の出前に働きだす。それがユスティネの日常のはずだ。けれど今自分が横になっているのは、明らかにもっと上質のベッドだった。

「ここは……」

頭だけ起こして室内に視線を巡らせれば、見覚えがある。と言うか、約ふた月の間、毎日通い掃除していた場所だ。

「レオリウス様の……っ」

仕える主の部屋で、自分はお気楽にも寝こけていたらしい。慌てて飛び起きた瞬間、すぐにユスティネは再びベッドに突っ伏した。

「……っ痛……」

身体中あちこちが痛む。背中も腕も、股関節も、頭も痛い。何より、口に出すのが憚る場所が、ズキズキと鈍痛を訴えた。

「な、何……？」

昨晩あったことが上手く思い出せない。確か昨日は王妃が亡くなったという一報が入り、神殿は混乱していたはずだ。息子であるレオリウスに『一人にしてくれ』と告げられ、ユスティネは彼と話すこともままならなかった。

一日中部屋の外で待機していたけれど顔も合わせられず、その後——

「……え？」

そうだ。昨日は部屋の掃除をさせてもらえなかった。その上レオリウスは食事すら拒んでいた。だったら何故、自分は今ここにいるのだろう？

急激に嫌な予感が込み上げて、ユスティネはゆっくり上体を起こした。

頭が痛い。吐き気もする。霞がかった脳内は、懸命に昨夜のことを思い出そうとした。だが考えるほど気分が悪くなってゆく。

「……っ？」

不意に、掛布がユスティネの肩から滑り落ち、自分が裸であることに気がついた。いつもの夜着を着ていない。それどころか下着さえ身につけていないことを知り、混乱が酷くなる。

目覚めてから驚きの連続で、ユスティネは自らの身体を抱いてベッドの上で丸まった。

「な、何があったの……？」

断片的な記憶の中に、川のせせらぎがよみがえった。揺れる金のネックレス。他には瞬く星と輝く月。あれを背にしていたのは——

「ひ……っ」

「――起きたのか？」

今まさに脳裏に浮かんだ男が扉の向こうから現れ、ユスティネは竦み上がった。途端に恐怖と恥辱がぶり返す。

自分は昨夜レオリウスに襲われ、無理やり純潔を奪われたのだと思い出した。

「い、嫌……っ」

「お腹が減っただろう。食事は用意してある」

怯えるユスティネを気にも留めず、彼は室内に入ってきた。手にした盆の上には、パンとスープがのっている。

あまりにも普通なレオリウスの様子に、ユスティネは自分の記憶がおかしいのかと狼狽した。思い出したと思った全ては、馬鹿げた妄想でしかなかったのか。よく考えてみれば、真面目で誠実な彼が、あんな非道な真似をするわけがない。

きっとおかしな夢を見ただけ――そうユスティネは思い込もうとしたが、無理だった。

心も身体も委縮してしまっている。

レオリウスがこちらに一歩近づくごとに、全身の震えが酷くなった。身体を隠すために巻きつけた掛布を握り締め、掠《かす》れた悲鳴を漏らす。

まるで何事もなかったかの如く、これまで通りの立ち居振る舞いをする彼が、何よりも恐ろしかった。

「傍に、来ないでください……っ」

「どうして？」

「ど、どうしてって……」

まさか昨夜の暴挙を忘れたわけではあるまい。それとも、何とも思っていないからこそ、平然としていられるのか。

困惑が膨れ、ユスティネは更に身を縮こませた。

「あ、あんな酷いことをしておいて……っ」

「酷い？　君は僕のものなのに？」

「私はものなどではありません……！」

いくら身分の低い下働きでも、人間だ。所有物扱いされる謂《いわ》れはない。こみ上げそうになる涙を堪え、ユスティネはレオリウスを睨みつけた。

「僕のものだ。何もかも、全部」

澄んでいた碧の瞳が、どんよりと濁る。朗らかだった表情は消え失せ、彼は何の感情も浮かべていなかった。まるで今日初めて会う人。いや、昨晩ユスティネを乱暴に縛り組み敷いたのと同じ『男』だ。

「ち、違います……っ、わ、私は神殿の下働きで……だからっ……」

いくら首を左右に振っても、声が震えていては説得力がない。それ以前に、ユスティネには自分の言葉がレオリウスに届いている気が全くしなかった。虚しく虚空に溶けた台詞の欠片が、死んでゆく。

以前ならどんなにくだらないことでも小さな意見でも、彼は真摯に耳を傾けてくれたのに、今は無視されていた。

心の扉が閉ざされ、施錠されている気分だ。仮に言葉を尽くしても、響くことがないのだと嫌でも分かる。

自分はここにいる。けれどいないも同然。レオリウスにとってユスティネはどうでもいい存在だからだ。価値があるのは、背中の痣だけ。

「心配しなくても、ミルカ様に話は通してある。君はもうここで働く必要はない。――僕の隣にさえいればいい」

まるで会話にならない。噛み合わないやりとりにクラクラした。

――レオリウス様は、私の言うことなど聞く気もないんだ……『道具』でしかないから……

「ふざけないでください……っ、ミルカ様がそんなことを許すはずが……っ」

「君が僕の『乙女』だと言ったら、大喜びで世話係の任を解いたよ。しばらくはこの部屋を出ることは許さない。ミルカ様も同意してくれた」

逃げ道はないのだと言われたのも同然で、ユスティネは絶句した。

神殿で一番力を持つ聖職者であるミルカが認めたのなら、もはや助けは期待できない。本当にこのまま囚われの身になってしまう。世間から隔絶され、閉じこめられてその先に何があるのか。

「い、いつまで……」

「ユスティネが僕の子を孕むまで」

どうにか絞り出した疑問への答えは、想像を超えたものだった。

何を言われたのか咄嗟には理解できず、呆然として瞬いてしまう。だがベッドに腰かけた彼がこちらに手を伸ばし手首を摑まれたことで、ユスティネの呪縛が解けた。

「嫌っ……！」

「君が本当の意味で僕のものになれば、あのケダモノも手出しできなくなるだろう」

「な、何の話ですか……っ」

「王のために『乙女』は生まれる。本来なら、一人の王に一人の『乙女』だ。二人の『乙女』を伴侶に迎えることも、彼女たちが二人の王に仕えることもあり得ない。だがあの男は──無理やり母を奪うことで玉座に座った。もしも今君が現れれば、叔父はユスティネを手に入れようと躍起になるに決まっている。母が欠けた穴を別の『乙女』で埋めようとするはずだ。──そんなことは、絶対にさせない」

瞳の中で揺らめく焔が、危険な色を帯びる。

つい仰け反ったユスティネの身体は、レオリウスの手で強引に引き戻された。

「僕には、君が真実自分のものだと分かる。この感覚はきっと直系の王族の男子以外、誰にも説明することはできないものだ。予感や確信ともまた違う。けれどあの男に何を言っても無駄だろう。正統な後継者でない者には、感じ取れないものだから」

「やめてください……！　私には関係のないことです……っ」

抱き寄せられて、悲鳴が漏れた。触れられたくないのに、昨晩散々与えられた快楽を身体はちゃんと覚えていて、甘い疼きが下腹に宿る。

そんな淫らな反応が厭わしく、自分の肉体が恨めしい。息を吸った瞬間彼の香りを鼻腔に感じ、鼓動が跳ねたことも嫌だった。

「関係ならある。ユスティネは僕の妻だ」

「け、結婚した覚えはありません！」

普通の幸せとはほど遠い。そもそも求婚された記憶もない。わけが分からぬうちに身体を繋げられただけだ。これで婚姻を果たしたなどと、言われたくなかった。

「ここにはもう、僕の子が宿っているかもしれないのに？」

「やっ……！」

全力で握り締めていた掛布を奪われ、ユスティネの素肌が晒された。やはり、何も身に着けていない。真っ白だった肌のあちこちには、鬱血痕《うっけつこん》が刻まれていた。

「か、返して……！」

慌てて掛布を取り返そうとしたユスティネは、ベッドの上でレオリウスに押し倒された。平均的な大きさの胸が反動で揺れる。銀の髪に彩られた彼は、悔しいけれど今日も美しかった。

「忘れてしまった？　昨夜はここにたっぷりと子種を注いであげたのに」

つぅっと臍から下腹を指でなぞられ、ユスティネは瞠目《どうもく》した。

忘れられるはずはない。ショックが大きすぎて起きた直後は記憶が混乱していたけれど、今は生々しく思い出せる。忘れてしまえたら楽だったことも、細部まで全部残っていた。

「一度で実を結ぶ可能性は低いだろうから、これから何度も注いであげよう」

「ひ……っ」

冗談ではない。絶対に嫌だと言いたいのに、気持ちが空回りしてきちんと言葉にならなかった。戦慄く唇も舌も使い物にならず、ただ口を開閉するだけ。無意味に空気を食《は》み、ユスティネはどこまでも無力だった。

「も、もう……あんなことは……っ」

渾身の力で紡いだ台詞は、まともな声にすらなっていない。自分でも何を言っているのか分からないほど掠れ、震えていた。

この人が怖い。

意思の通じない相手と対峙していると、こちらの方がおかしくなったのかと不安が募った。もしかしたら違う世界に迷い込み、奇妙なことを主張しているのは自分なのでは？　などと馬鹿げた妄想に囚われる。

そうでなければ、たった一晩で一変してしまった状況に対応しきれなかった。

何もかもが悪夢めいていて、本当のことだとは思えない。早く目覚めなければと気持ちだけが焦る。だがいつまで経っても、ユスティネの意識は残酷すぎる現実の中に置き去りにされていた。

「どうして私が……！」

「君が『乙女』の証を持っているから」

「だから、違います。あれはただの痣で……！」

「いくら否定して抵抗しても無駄だ。もう運命の歯車は回り始めている。そして僕は君を逃がしてはあげられない」

顔の両側につかれた彼の腕の檻に閉じこめられ、ベッドが二人分の体重を受け沈み込む。愁いを帯びた双眸が微かに細められ、ユスティネの視線が吸い寄せられた。けれど直後に口づけられて、何もかもが曖昧になる。

「んん……っ」

「一日も早く、僕の子を宿してくれ」

荒々しいキスをされ、頭の芯がぼんやり霞んだ。息苦しくて大きく口を開けば、より深く食らわれる。逃げ惑う舌は搦め取られ、レオリウスに啜り上げられた。

彼を突き飛ばそうとした両手は摑まれ、シーツに縫い留められる。真上から男に伸し掛かられては、非力な女の力で撥ね除けられるはずもない。むしろやや仰け反った形になったせいで、自ら乳房を差し出したかのような体勢になった。

「やぁっ……」

昨晩頭が痛くなるほど泣いたのに、まだ涙は尽きていなかったらしい。新たな滴がユスティネの瞳から溢れ、伝い落ちる。次々こぼれる滴を彼は丁寧に舐めとった。

合間に瞼や鼻の頭にキスをされ、まるで『泣かないでくれ』と懇願されている心地がする。身体を押さえつけてくる力とは裏腹に、レオリウスの唇と舌は温かくて優しかった。

「誰か助けて……っ！」

「この部屋には誰も来ないし、声も届かない。君もよく知っているだろう？　ミルカ様は今頃、祈りの時間だ。もっとも仮にあの方がいたところで、絶対にここへ入ってはこないけれど」

絶望で胸が押し潰される。

もう二度と、自分の意思を無視されて身体を好き勝手にされたくなかった。愛情が介在しないなら、あの行為は暴力でしかない。いくら快楽を与えられたところで、心が通じ合わなければ意味がないのだ。

「嫌です、やめてください……っ」

涙ながらに訴えても、彼は冷酷にこちらを見下ろしてくるだけ。近づいてくる碧の瞳を凝視していると、首筋を軽く嚙まれた。

「つっ……」

「……あまり聞き分けのないことを言わないでくれるかな……優しく、できなくなる」

「優しく？　こんなことをしておいて、いったいどこがですか」

「これでも、精一杯理性を掻き集めているつもりだ。ユスティネを傷つけることは、本当に本意ではない。もしも君が一生僕の傍にいると自ら誓ってくれるなら、強引な真似はしないと約束する」

口先だけの約束に効力など感じられなかった。むしろまた嘘を吐かれたのだとしか思えない。信じて裏切られるのはもう嫌だ。

ユスティネは一度強く眼を閉じた後、レオリウスを見つめた。

「……貴方の言うことなど、ひとつも信じられません」

「――だったら仕方ない。何もかも、強引に奪い取るしかないね」

ユスティネの両手を束ねている手とは逆の手で、乳房を揉まれた。光源の乏しい夜ではなく、今は明るい昼間だ。ここが半地下の部屋であっても、光はふんだんに満ちている。

自分の胸が形を変えられる様をはっきり見せつけられ、ユスティネは髪を振り乱した。自由になる足をばたつかせ抵抗しようとしたが、鋭い痛みを足裏に感じ、一瞬怯《ひる》む。

どうやら昨晩、川の中で小石を踏んだ際に切っていたらしい。視界の片隅に包帯が巻かれた右足が見え、手当てしてくれたのかとやるせない気持ちになった。

だがそんな感慨は、すぐに遠くへ追いやられる。

強引に脚を開かれ、恥ずかしい体勢にされたからだ。

「やぁ……っ」

「昨日破瓜《はか》したばかりだから、まだ少し赤くなっているな……」

どこが、など問う必要もない。秘めるべき場所を覗き込まれて、ユスティネは全身が沸騰するかと思った。身を捩って両膝を閉じようとしても、思いの外力強い腕に阻まれ敵わない。

昨夜は闇の中でまじまじと確認する余裕もなかったけれど、彼が一般的な男性よりもずっと逞しい身体つきをしているのはもう知っていた。

普通の聖職者ならば、ここまで鍛え上げている人など滅多にいない。時間があればその分、祈りや修行に捧げるのが当たり前だからだ。

彼だって、一日の大半を神に祈りを捧げていたはず。身の回りの世話を担っていたユスティネは、誰よりもレオリウスが敬虔な信徒であることを熟知していた。

だからいったいいつの間にこれほど身体を鍛えていたのか、不思議でならない。服越しでも感じられるほどなのだから、相当だろう。

彼の毎日は修行と奉仕に捧げられ、僅《わず》かな合間に本を読み、熱心に勉強もしていた。いったいどこにそんな暇があったのか。

――そうまでして、成し遂げたいことがあったの……？　――私を滅茶苦茶に壊してでも――

「ひ……っ」

二本の指で蜜口を開かれ、ユスティネは四肢を強張らせた。

恥ずかしくて息もできない。下手に動けばもっと耐え難い目に遭いそうで、顔を背けることしか選べなかった。

「中も、赤い」

「み、見ないで……っ、ふ、ぁッ……」

突然生温かく柔らかなものに秘裂を刺激され、ユスティネはビクンと肩を跳ねさせた。この感触は知っている。

昨晩散々与えられたものだからだ。

舐められたのだと悟り、頭を持ち上げ、ユスティネは即座に後悔した。

己の股座《またぐら》にレオリウスが顔を埋めている。見えなかった昨日とは違う。破壊力のある光景に、心底穴があったら入りたい心地になった。

「やぁあっ」

「薬を塗った方がいいのか？」

「何も……っ、何もしてくださらなくて、結構です……！」

どうか放っておいてくれ。泣きながら首を振るユスティネを無視して、彼は尚も花弁に舌を這わせ続ける。次第に膨らんできた淫芽は、たちまち慎ましさをなくした。

「……ふ、ぅ……んっ」

硬くなった花芯を重点的に舐《ねぶ》られて、身体の奥から蜜が溢れ出す。すると隘路に残っていた鈍痛も、妙な疼きに取って代わった。

「や、嫌……やめ……っ、ぁ」

「声が変わってきたし、甘い香りが漂ってきた。気持ちがいい？」

領けるわけもない質問には、シーツを握り締めるだけで答えた。その間にもいやらしい水音が大きくなる。

ぴちゃぴちゃと鼓膜を叩く淫音に、ユスティネは身をくねらせて抵抗の意を示した。それが男の眼にはただの媚態《びたい》と映ることも知らず。

「ぅく……っ、だ、駄目……っ」

「この行為が辛いだけのものだと思われては困る。これからずっと、君には僕を受け入れてもらわねばならないのだから」

「ず、ずっと……？」

「ああ。一生」

全身が重い鎖に戒められた気がした。『乙女』とか運命なんて、ユスティネには理解できないし、したくない。だが、レオリウスの歪んだ執着心は嫌と言うほど伝わってきた。

しかし彼にとって、相手はユスティネである必要はないのだ。偶然、証の痣とやらを自分が持っていただけ。そのことが悲しい。

「嫌……っ、ここをどこだと思っていらっしゃるのですか」

この部屋は神殿の敷地内にあり、しかも直接礼拝堂まで繋がっている。いわば神の御許でふしだらな行為に耽るわけにはいかない。その上、レオリウスは祭服を纏ったままだ。

――どうして、こんなことに……？

古い建物特有の黴臭《かびくさ》さと、蝋燭《ろうそく》や香油の匂いを鼻腔に感じた。それら全部が、ユスティネに罪を自覚させる。

清く正しく身を慎むべき場所で、自分はいったい何をしているのか。不道徳な己自身に泣きたくなった。いっそまだ目覚めていなければ良かったのに。

だが全ては現実。

見た目は紛れもなく高貴な聖職者に、ユスティネは組み敷かれていた。

「そんなことを言って逃げようとしても無駄だよ。もとよりラスアルヴァ神が僕に君を授けてくれたのだから」

言うなり太腿を抱え直され、ユスティネの腰が敷布から浮いた。肩から上だけがベッドについている状態になり、不安定さに驚く。そのまま身体を二つ折りにされ、恥ずべき場所が真上を向く体勢に固定された。

「レオリウス様……！　こ、こんな……っ」

「どうしても嫌なら、一日でも早く子を宿すといい。そうすれば、少なくとも身重の間だけは僕を遠ざけることを許そう」

あまりにも酷い。一瞬、言われたことの意味が分からなくなるほど、ユスティネの心は傷つけられた。

「最低、です……っ」

「初めから、承知の上だ。その程度の誹《そし》りなら、いくらでも受けるよ」

「あ……っ」

再び花芽を舌で転がされ、彼の口内に吸い上げられる。時折硬い歯で甘噛みされ、ユスティネの腰がひくついた。

いくら心で拒んでも、ふしだらな身体は簡単に陥落する。時間をかけねっとり攻め立てられた肉粒は、哀れなほど充血し、より快楽を味わおうと貪欲になった。僅かな刺激も逃すまいと、敏感さを増す。

内腿に降りかかる吐息や掠める髪の搔痒感《そうようかん》すら糧にして、ユスティネの下腹には抗い難いうねりが蓄積された。ブルブルと太腿が痙攣する。必死に堪え続けた声を抑えるのは、もう限界だった。

「……アあアッ」

ビクンッと激しく腰を跳ね上げて、絶頂に達した。その後もレオリウスの舌に嬲られて、高みから下りてこられない。何度も押し寄せる喜悦の波に、ユスティネは打ち震えることしかできなかった。

「……ぁ、あ……」

「蜜液に血は混じっていない。大丈夫そうだね」

「……え」

ベッドの上に下肢を下ろされ、ホッとしたのも束の間。彼に膝を割られてユスティネは口の端を引き攣らせた。

自分だけが生まれたままの姿にされ、レオリウスはきちんと服を纏っている。だが前を寛げた彼が覆い被さってきて、小さな悲鳴を上げた。

「やぁ……っ！」

「いい加減、諦めればいいのに」

陰唇を抉じ開ける硬いもの。未熟なユスティネの蜜窟は、長大な異物の侵入を拒もうとした。だがあえなく入り口を突破され、腹の中を支配される。

昨夜よりも滑らかに挿入され、自分の身体が変えられてしまったことを、ユスティネは改めて突きつけられた。

「いっ……」

しかし痛みがないわけではない。未だ内壁には細かな傷があるはずだ。そこをレオリウスの剛直で摩擦され、苦痛の声が漏れる。

ユスティネが歯を食いしばっていると、彼の唇が何度も重ねられた。

「んん……っ」

「力は抜いた方がいい。そうすれば、楽になる」

楽になることも、痛みに苛まれることも嫌だ。どちらもユスティネの望みとはかけ離れている。それなのに、心を置き去りにして肉体はレオリウスを受け入れ、全て呑み込んでしまった。

「辛い？　だったら早く全部手放してしまえば、ユスティネも苦しまずにすむ」

——『も』？　ではレオリウス様も苦しんでいるのですか……？

「ぅ、あ、ぁ……っ」

ゆったりと腰を動かされ、蜜壁を摩擦される。濡れそぼった襞は、彼の楔を歓迎するかの如く勝手に蠢いた。

ぐちゅぐちゅと淫らな水音が奏でられる。昨夜川の水に濡れていたのとは違い、今は全部がユスティネから溢れた蜜だ。望まぬ交合なのに、これほど濡れてしまっていることが信じられない。

女性の身体は自らを守るために潤滑液を滲ませることがあるけれど、ユスティネは今の自分がそれだけではないことを分かっていた。

痛みの奥に、ごまかしきれない快楽がある。

緩く突かれるたびに、生まれ出る愉悦。乱れる息に甘さが混じるまでに、さほど時間はかからなかった。

「……アッ、あ、あん……っ」

揺さ振られる身体が朱に染まる。汗が珠を結び流れ落ちる。何よりも疼く下腹が、ユスティネが淫悦を得ている証明だった。

「ユスティネ、どうしてほしい？　せめて君が心地いいようにしてあげる」

「……っ、いらない……っも、やめ……っ」

ベッドの軋《きし》みが激しくなる。二人、共に揺れながら、望まぬ快楽の海に投げ出された。

監禁される日々が始まった。

と言っても、鎖に繋がれ獄に閉じこめられているわけではない。ユスティネがレオリウスの部屋から一歩も出してもらえないのだ。

一人になれるのは、排泄時だけ。それとて用を足す場所は続き部屋に設けてあるので、彼の監視から逃れられるわけではない。

一日中、レオリウスに見張られ、共にいる生活が続いている。それこそ食事は勿論、就寝時でさえ離れることは許されなかった。仮に彼の隙をついて部屋を飛び出したところで、そこにはミルカがいる。神殿を司る高位聖職者の老人は、ユスティネに救いの手を差し伸べる気は毛頭ないらしい。

むしろ積極的にレオリウスへの供物にされた気分だった。

何度も「ここから出してくれ」と懇願したが、耳を傾けてもくれず、絶望感が日々堆積してゆく。レオリウスの身の回りの世話は別の者が引き継いだようだが、ユスティネは顔を合わせたこともなかった。誰かが掃除に来たり食事を運びに来たりした際は、別の部屋に押し込められてしまうからだ。

もうひとつ、礼拝堂を抜け外へ続く扉は固く閉ざされていた。

鍵を持っているのはレオリウスだけ。彼が肌身離さず身に着けていては、どうしようもない。

結局今日も、ユスティネは何もできずに室内でぼんやり時を過ごすだけだった。

「――退屈そうだね」

不意にかけられた彼の声に、椅子に腰かけていたユスティネは膝の上で拳を握り締めた。

近頃の彼は、聖職者としての務めを果たしていない。ひたすらユスティネとこの部屋に籠《こも》っている。唯一していることと言えば――

「暇なら、有意義なことをしようか」

「や……っ」

ユスティネは手首を摑まれ、引き摺られるようにしてベッドへ転がされた。

あの夜以来、抱かれない日はない。爛《ただ》れた毎日がどれくらい経過したのか、もはや分からなかった。昼も夜も滅茶苦茶にされ、疲れ果てて意識を失う時間が長いせいだ。

だが足裏の怪我がとっくに治っていることを考えると、短い日数ではないだろう。少なくとも一週間以上は経っていると思う。そんなにも長い間ユスティネが姿をくらませている状況なのに、おそらく探してくれている人は皆無だ。

仲が良かった巫女の少女もいたけれど、彼女もきっと上手く言い包められている。

――身寄りのない私のことを、本気で心配してくれる人はいないのね――

今のユスティネが身に着けることを許されているのは、頭から被る形の簡単な夜着だけ。下着は与えられていない。当然靴もない。

こんな姿では外に飛び出せたとしても、その後どうすればいいのか。八方塞がりで、ユスティネは思い悩むことにも疲れ始めていた。感情が麻痺している。

それでも儀式のように繰り返される行為には、懸命に抗うことを放棄していなかった。

「放して……っ」

「いつになったら、君は完全に堕ちるのだろうね。肌を重ねている最中は素直になってくれるのに、なかなか全部僕のものになりきらない」

「永遠に、なりません……っ」

そう強がったところで、丁寧に教えこまれた快楽を呼び覚まされれば、身体も頭もグズグズに蕩けてしまう。ユスティネの内側は既にレオリウスの形を覚え込まされていた。

彼の触れ方や卑猥《ひわい》な言葉で、容易に準備ができてしまう。期待して潤む女の肉体は淫らな上に情けない。せめて何もかも分からなくなる喜悦に溺れるまでは、死に物狂いで理性にしがみ付いていたかった。

「……頑張るね。本当かどうか、試してみようか」

「きゃっ……」

身体をひっくり返されて、腹這いにさせられる。この状態で伸し掛かられると、いつも以上にまともに動けなくなり、少し苦しい。レオリウスの身体の下でユスティネが無様にもがいていると、シーツと身体の間に大きな手が滑りこんできた。

「あ……っ」

釣鐘状《つりがねじょう》になった胸を下から掬い上げられ捏ね回される。掌全体で揉み解され、まるで彼がやり易いようユスティネ自ら促したみたいだ。

勿論そんなつもりはないので四つん這いになって拒もうとしたが、上から押さえ込まれたままでは難しい。むしろ身体の下に隙間が空いたことで、いっそうレオリウスが動き易くなっただけだった。

「……ぁ、んッ」

布に頂が擦れ、もどかしい淫悦が広がる。直に触れられるのとも違う感覚に渇望が煽られた。

「こんな……嫌ぁ……っ」

「直接触ってほしいというおねだりかな?」

そうではないと明言できないことが悔しい。

もう触ってほしくないのは本当でも、このままあと一歩物足りない刺激を与え続けられるのも辛い。圧倒的な快楽を知った浅ましい身体は、『これ以上』を求めていた。

「違っ……」

己の言葉が空々しい。

何もかもが真っ白に染まる、弾ける瞬間を繰り返し味わった身では、もはや穏やかな快感だけなど満足できず、ユスティネは意識しないまま腰をくねらせ、彼へ尻を押しつけた。

「……いやらしい」

言われて初めて、己の痴態を意識する。ユスティネは全身を真っ赤に染め、後方の彼を睨みつけた。

「誰のせいだと……っ」

「ああ、僕のせいだ。無垢だった君を汚し、ここまで貶めたのは、間違いなく僕だよ。何も知らなかった処女を淫らな女に変えたのもね」

「んぅっ」

背筋を指で辿られ、尾てい骨辺りを擽られる。ゾクゾクと肌が粟立ち、呻きに似た声が漏れた。

「あんなに純朴だった君が、今ではこんなに艶めかしい」

夜着の裾をたくし上げられてしまえば、その下は裸だ。剝き出しの尻を丸く撫でられ、脚の付け根に入り込んでくるレオリウスの手を拒むには、ユスティネの太腿は余計な肉がなさすぎる。

きつく閉じ合わせても、隙間が残っているからだ。

下生えを搔き分けた指先に秘豆を探り当てられ、指先で転がされる。たちまち喜悦の焔が灯された。

「く、ん……っ」

「また無駄な抵抗をする。でも嫌がられてばかりだと僕も辛い。どうせならユスティネにも楽しんでほしい」

「楽しめるわけがないじゃありませんか……っ！」

怒りを込め振り返れば、彼が液体の入った小瓶を呷るところだった。

「……？　んむっ……？」

淡い桃色の液体を全て口に含んだレオリウスが、手にしていた小瓶を投げ捨て、ユスティネに口づけてくる。強引に合わされた唇から、生温い液体が口移しで注ぎ込まれた。先ほど彼が呷ったものに間違いない。

奇妙な苦味とべたついた甘さがユスティネの喉を通過した。

お世辞にも美味しいとは言えない味が口内に残り、不快だ。しかし吐き捨てようとしても既に飲みこんでしまったものはどうにもならない。

噎せ返ったユスティネが身を捩ると、レオリウスが身を起こしたことで圧迫感から解放された。

「……い、今のは何ですか……っ」

「贈り物、かな。ユスティネが少しでも苦痛を感じないように」

「何を言って……」

意味が分からない。だが異変はすぐに訪れた。

怪訝な顔をしたのも束の間、ユスティネの心臓が突然激しく脈打ち出す。全身の体温が上がり、汗が滲んだ。

まるで運動した直後のようだ。いや、それよりも――

「気を利かせたつもりなのか、こういうものを差し入れてくる者もいる。今までは馬鹿馬鹿しいと思っていたけれど、まさか役に立つ日が来るとは考えもしなかった」

「こういう、もの……？」

鼓動がおかしい。苦しいくらい胸が高鳴って、呼吸が乱れた。頭の芯が重くなり、ユスティネは大きく息を吸う。すると服に擦れた乳房の飾りから、鮮烈な快楽が生まれた。

「あ、ん……っ」

「こんなに効果があるとは思わなかったな……媚薬とか催淫剤などと呼ばれる代物らしい。後遺症や常習性はないと聞いたから、安心してほしい」

それを聞いて、『だったらよかった』と安堵するほど、ユスティネは愚かではない。

レオリウスの言葉が本当なら、今の自分は強制的に発情させられているということだ。ただでさえ心と身体が乖離して苦しいのに、これ以上ズタズタにされたくなかった。物として扱われているのだという思いがなおさら強くなる。

「どう……して……っ」

こんなものが神殿に持ち込まれていることも驚きだったし、レオリウスが使うことも衝撃だ。以前の彼ならユスティネの意思を無視した上に薬品を用いてまで思い通りに事を運ぼうとは考えなかったのではないか。――そこまで考え、ユスティネは自嘲した。

――ああ、私はまた何を期待しているの？　……この方は私を騙していただけなのに、いつまで夢見ているつもり……

間抜けすぎて、自分自身への軽蔑が募る。そう言う意味でも、ユスティネは諦めてしまった方が楽なのかもしれない。彼の言う通り、何も考えないお人形になってしまえばいい。一生傍にいると誓えば、多少の自由は取り戻せるはずなのだから。

「随分熱そうだ。頬が火照っている。――それに、ここも」

「……やあ……っ」

たいして触られていなかった蜜口が潤んでいた。花弁が卑猥に綻び、レオリウスの指先を待ち望んでいたと言わんばかりに蜜を滴らせる。ぬるつく感覚に、ユスティネは愕然とした。

「嘘……」

「君の身体は気に入ったみたいだ。存分に楽しんで」

彼に押さえつけられていない今なら、逃げられるかもしれない。けれどユスティネの四肢には力が入らず、ベッドから下りられる気もしなかった。

感覚は鋭敏になっていて、麻痺しているわけでもないのに、ろくに動かせないのだ。爪先まで熱が駆け巡り、のぼせたよう。呼吸は忙しなく、思考は鈍る一方だった。

「ああ……嫌だと泣かれるより、よほどいいな。君の身体に害がないなら、これからも積極的に使おうか」

「……っ？」

うつぶせていた身体を持ち上げられ、正面から抱き合う形になる。半ばレオリウスにも

たれかかり、ユスティネは胡坐をかいた彼の上に下ろされた。

裸に剝かれ、脱がされた夜着はベッドの下に投げ捨てられる。されるがまま弛緩した身体は、布が肌を擽る摩擦からも快楽を拾った。

「んぁ……や、だ……っ」

「……何度抱いても、ユスティネは綺麗なままだね。あれだけ穢しても、少しも透明さを失わない……まるで僕のところまで堕ちるつもりはないと言われているみたいで、もっと壊して引きずり下ろしたくなる……」

恐ろしい囁きを耳に注がれたが、朦朧とした頭では上手く理解できなかった。まるで睦言のようだとすら感じてしまう。

茫洋と視線をさまよわせたユスティネは、レオリウスの肩口に顔を埋めた。

「……私は綺麗じゃない……」

「綺麗だよ。だからこそ、許せないとも思う」

「……あッ」

後ろから花弁を弄られ、太腿を蜜が伝い落ちた。温い滴に濡らされて、劣情が煽られる。こんな虚しいことをしたくないという気持ちは、あっという間に塗り潰されてしまった。

互いに息を弾ませて、肌を擦りつけ合う。力の入らないユスティネは、彼にしなだれかかることで自分の乳房を密着させた。そうするとレオリウスが纏ったままの服で乳嘴《にゅうし》が擦れ、気持ちがいいのだ。

慎みなど頭の隅に追いやって、欲望の虜《とりこ》になる。

敏感になったユスティネの全身は、どこを触られても嬌声を堪えられないほど昂《たかぶ》った。

「はぁ……っ、ん」

「可愛い」

随喜《ずいき》の涙が溢れる目尻に口づけられ、もっと声にならないおねだりを漏らした。ユスティネが正常であったなら、考えられないことだ。積極的に抱きつくこともあり得ない。

誘惑するように彼の上で腰をうねらせ、濡れた眼差しでレオリウスを見つめた。口の端から赤い舌を覗かせたのは、無意識。

異性を翻弄する術など知らないはずなのに、ユスティネは淫らに彼を求め誘っていた。

「……そんな手管《てくだ》、どこで覚えたのかな？　もし別の男だなんて言われたら、僕は冷静ではいられなくなる」

まるで嫉妬しているかのような眼をして、レオリウスは乱暴に口づけした。荒々しく舌を絡ませ、歯列を辿られる。口の中全てを味わわれるキスに、息が苦しい。後頭部を押さえられ、後方に逃げることもできず、ユスティネは喉を震わせた。

「……っふ、ア」

「逃げるな。――逃げないでくれ」

酸欠一歩手前で解かれた互いの唇に、透明の橋が架かる。音もなく途切れたそれは、酷く淫靡で背徳的だった。

「……ユスティネの口の中に、薬が少し残っていたのかな。——僕も何だか、熱くてたまらなくなってきた」

言われなくても触れ合う肌が、教えてくれる。

密着した部分が燃えるような熱を帯び、ひとつに溶けてしまいそうになった。いっそこのままドロドロに蕩け、混じり合えたら楽なのに。余計なことを思い悩まず彼が望むよう振る舞えるかもしれない。

——何も考えられない……考えたくない……

知覚できるのはレオリウスが与えてくれるものだけ。今はそれだけ感じていたかった。

「……は、ぁ、あ……っ」

「ユスティネ……」

膝立ちになるのを促され、今度はゆっくり腰を下ろすよう求められた。秘裂を擦る彼の楔に、ユスティネの喉が上下する。上手く蜜壺に入れられず難儀したが、先端を呑み込めさえすれば後は自重で一番奥まで受け入れられた。

「ぁあ……ッ」

初めての体勢のせいか、少し怖い。これまでより深く押し上げられ、ユスティネの太腿が戦慄いた。

腹の内側が不随意に痙攣する。入れただけで、軽く達してしまった。

「……っ、そんなに締めつけないでくれ」

「や……分からな……っ」

収縮する内壁が卑猥な動きでレオリウスの屹立を咀嚼する。腰を動かさずとも、絶大な快楽が湧き上がった。でも足りない。

気持ちよくなりたい。早く。もっと。卑猥で浅ましい欲望の塊になり、他の何もかもがどうでもいい。面倒なことなど考えたくない。

これはおかしな薬のせい。だから自分が流されるのは仕方ないし、抗っても意味のないことだから。そんな言い訳が次々に浮かんでは消える。

焦らされた上に薬の影響もあって、ユスティネは自ら身体を揺らし始めた。

「ぁ……っ、あ、気持ちいい……っ」

性技など知らないから、でたらめに動くだけ。自分が気持ちいいと思う場所に、彼の剛直を押し当ててゆく。時折腰を回し、貪欲に愉悦を追い求めた。

淫らな顔を晒して、上下にも跳ねる。そのたびに蜜が飛び、ぐちゃぐちゃと水音を奏でた。

「あぁあ……っ、もっとぉ……っ」

「いくらでも。ユスティネの好きなようにすればいい」

動いてくれないレオリウスへの抗議のつもりで、ユスティネは彼に口づけた。自らキスを求めたのはこれが初めて。それでも応えてくれないレオリウスに焦れ、唇を食み、舌を伸ばした。

拙い接吻でも、ユスティネが知るのは全て彼が教えてくれたことだ。どこをどんな力加減で刺激すれば相手の劣情を煽れるのか、全部彼から刻み込まれている。けれど。

「や、ちゃんとして……っ」

どれだけ卑猥に踊っても、ユスティネの身体を支えることしかしてくれないレオリウスが恨めしい。いつもなら望んでもいない快楽を叩きつけてくるのに、今日の彼は意地悪だった。

喘ぎながらあさましく淫悦を貪《むさぼ》るユスティネをじっと見つめている。冷えた眼差しではない。むしろ燃え盛る焔を宿した双眸で、一瞬も見逃すまいとする強い視線だった。

「ぁ、あふっ……、動いてよぉ……っ」

この程度では全然足りない。もっと揉みくちゃにされるような喜悦がほしい。意識を失うまで苛まれて、『逃げられない』理由がほしかった。

「……僕が、ほしい？」

「ぁ、あんっ……ほし、ほしい……っ」

「いつもそう言ってくれたら、最高なのに……」

抱き寄せられ、レオリウスの胸板でユスティネの乳房が潰れた。ほんの少しだけ、服に邪魔をされたと感じる。互いに裸だったら、もっと夢心地になれたのに。

汗まみれになって絡み合い、ひとつになる幻想を得られる。あの一体感は麻薬めいた危険なものだ。味わってしまえば逃れられれない。

切り離されたユスティネの心は、もはや『駄目』だと叫ぶことも忘れてしまった。

「レオリウス……様……っ」

「もっと僕を呼んで」

名前を口にした瞬間、ユスティネの体内で彼の剛直がより力強く漲った。大きく張り出した笠の部分に蜜路を抉られ、喜悦の疼きが指先まで広がる。動かなくても次から次に快楽が膨張するのは、怪しげな薬剤のせいなのか。

ユスティネの全身が滾り、肌の全てが性感帯になってしまったかのようだ。空気の流れにさえ敏感に反応を示し、自ら声を漏らした振動にもヒクヒクと小さな絶頂を極めた。

「……ぁ、あぁぁっ……」

「すごいな……溶かされてしまうほど熱くて、うねっている……」

「ぁ、んっ」

尻を摑まれて揺さ振られれば、レオリウスの叢で露出した淫芽を擦られた。存分に熟れ切った花芯は、硬い下生えに摩擦され可哀想なほど赤く腫れている。グリグリと押し潰され、蜜窟からは愛蜜がとめどなく溢れた。

ぐちゅぐちゅと淫水を絡め、結合部分が白く粟立つ。ユスティネは彼に導かれ、淫らに身体を弾ませた。

「ふぁっ……ァ、あ、んん……ッ」

自重で深々と串刺しにされ、最奥を押し上げられる。痛みは欠片もなく、めくるめく快感だけがあった。

レオリウスの楔が抜け出てゆけば濡れ襞が追い縋り、深く挿入されれば柔らかく受け止める。もう限界まで頬張っていても、もっと奥へと女の本能が誘った。

「あ、ァ……ひ、アッ」

「……いいことを教えてあげようか」

彼に耳元で囁かれ、吐息も一緒に注ぎ込まれる。擽ったさは、たちまち新たな愉悦に取って代わった。

「な、何……ァあぅっ」

ほとんど考える理性もなくしていたが、ユスティネは反射で答えを促した。べったりくっついていた胸を離し、レオリウスを見つめる。いつもは見上げる高さにある顔が、こうしている間は同じ目線の高さになっていた。

「さっきの薬には、子を孕みやすくする効果もある。だからこのまま中に出せば、いい結果が得られるかもしれない」

「……っ」

これまでユスティネに妊娠の兆しがなかったのは、単純に運が良かっただけだ。本来なら、いつ子が宿ってもおかしくないほど、身体を重ねている。いや、今この時だって、腹の中に命が宿っていない保証はなかった。

だから心のどこかでは、既に諦めていた部分もある。このまま監禁され凌辱される日々が続けば、いつかは——と。

それでもこんなふうに脅されると、ユスティネの胸に恐れが広がった。

「や……っ」

愛情が根底にない二人の間に生まれ落ちた命は、悲しい。勿論親がどんな人間であっても、子供は関係なく幸せになれる可能性を秘めている。それでも愛し合った両親から待ち望まれた方が、ユスティネの常識では幸福なことだった。

——それが『普通の幸せ』ではないの……？

自分を全力で愛し守り育ててくれた父と母の最期の願い。生きるのに精一杯な今の時代、『普通』を叶えることが本当は一番難しい。

けれど二人のためにも、ユスティネはどうしても実現したかった。

「駄目……っ、中には……もうっ……！」

「残念。遅いよ」

「……ぁあッ」

律動が激しくなり、膝立ちになろうとしたユスティネは力強く引き下ろされた。腰が抜けたが如く太腿に力が入らず、下から突き上げられる。倒れこみそうになる身体は抱きしめられ、鋭く抉られて愉悦を逃がすこともできない。

荒々しく肉洞を掻きむしられ、ユスティネは淫らに喘いだ。

「ひぃ……ぁあああっ」

かった。

蜜壺がぎゅうっと窄まり、高みに放り出された。一拍おいてユスティネの腹の中が熱液で濡らされる。自分の身体が歓喜して、白濁を一滴もこぼすまいと飲み干してゆくのが分かった。

「……っく」

――もう、嫌……

心が軋む音がする。強制的に薬で愉悦を引き摺り出され、己の意思とは無関係な暴力めいた快楽が怖い。上手く言葉にならない拒絶を眼差しに乗せ、ユスティネは頭を振ることしかできなかった。

「……薬……なんて、嫌……」

常識も理性も粉々に砕かれ、光が散る。全ての輝きが瞬きながら消え去れば、残されたのは暗黒だけだった。

3　王太子の帰還

日暮れが、少しだけ早くなった気がする。

ユスティネは翳り始めた空と太陽の位置を窓から眺めていた。

とはいえ、正確な時刻を知る道具は勿論、あれから何日経ったのかを知る術もない。ただ毎日正午を知らせる鐘の音だけが、ユスティネと『日常』を繋ぐか細い糸だった。

――いつになったら、ここから出られるのだろう……

考えるだけで虚しくなり、癖になってしまった溜め息を漏らす。それでも今日は、レオリウスが傍にいないだけマシだ。少なくとも、朝からふしだらな快楽に溺れないですむ。

あの妙な薬を使われたのは一度きりだが、今後もないとは言い切れない。

――私が私でなくなってしまう快感に翻弄されるのは怖い……

ただでさえ彼に触れられると冷静さを失ってしまうのに、あの薬を飲まされるとなおさらわけが分からなくなるので恐ろしかった。

——それにしても、今日のレオリウス様は随分早い時間から、もう何時間もどこに行かれたのだろう……？

共に朝食をとっている途中でミルカに呼び出され、彼は部屋を出ていった。それから昼を過ぎても戻ってくる気配はない。

ユスティネはここに閉じこめられて以来、初めて一人で食事を終え、今までぼんやり過ごしていた。既に空は夕暮れの色に染まっている。

いつもなら彼の一挙手一投足に怯え、緊張感を保っているため、何だか気が抜けてしまった。手持ち無沙汰ですることもなく、無意味に室内を歩き回っている。

レオリウスが読んでいる本は難しすぎてユスティネには意味不明だし、話し相手もいない。そもそも長年懸命に働いてきたユスティネにとって『暇』をどう扱っていいのか分からないのだ。

——せめて掃除でもしようかと思っても、掃除道具はないし綺麗だし……

何もすることがないのは、案外苦痛だ。考えたくないのに、レオリウスのことばかり思い浮かぶからかもしれない。

本音を言えば、彼のことで煩わされたくない。せっかく一人になれたのなら、少しでも自分だけのために時間を使った方が有意義だ。それはユスティネも理解している。けれど実際のところ、ふと脳裏に描くのは、レオリウスのことばかりだった。

——どうしてあの方は……

いくら考えても答えなど出ないのに、結局は同じ疑問の迷路で惑う。

ふと、『乙女』の証とやらを自分も見てみたくなり、ユスティネは唯一身に着けることを許されている夜着を脱ぎ、鏡に己の背中を映してみた。

下ろしたままの髪を左肩から前へ流し、首を捩じる。

姿見に映った女の背中には、眼を引く朱色の痣が確かにあった。肩甲骨の間よりやや上方の、首の下。そこに花弁が広がっている。

母が言ったような醜いものではない。まるで鮮やかな絵の具でわざと描かれたかのような愛らしいものだった。――そのことがとても切ない。

レオリウスの言っていたことが真実であると、言われた気がしたためだ。

「……こんなもののせいで……っ」

馬鹿げている。偶然に過ぎない。きっと探せば、似たような痣を持つ女性は他にもいるのではないか。そう憤ってみたものの、ユスティネは薄々勘づいていた。

この痣は、紛れもなく証だ。得体の知れない直感が、声高に叫んでいる。きっと母は全て知っていて、王家に逆らってでも娘の秘密を守ろうと決めたのだろう。

神に下された『乙女』として王の伴侶に選ばれることが、『幸せ』に繋がると思わなかったから――

だとしたらユスティネは、神から見放されたのも同然。この痣は祝福などではない。罪人に刻まれる、呪いに等しい焼き印だ。

「……お母さん……私、これからどうしたらいいの……？」

悄然としたまま夜着を着直し、ユスティネは高い位置にある窓を見上げた。出口が見えない。苦しくて溺れてしまいそう。それなのに停滞した時間と空間が心地よくもあり、自己嫌悪に陥った。

このままでは早晩自分は正気を失ってしまうのではないか。そんな妄想にユスティネが囚われかけた時。

「――入るよ」

ノックの後、レオリウスが扉の鍵を開け室内に入ってきた。

「……っ」

思えば、彼に入室の声をかけられるのは初めてだ。世話係として働いていた頃はユスティネが通ってくる立場であったたし、今では離れることがほぼない。何となく新鮮な気持ちがして、レオリウスをじっと見つめてしまった。

「……？　そんなところに突っ立って、どうしたんだい？　もしかして、長く一人にしたせいで寂しかった？」

そんなわけがないと彼自身も思っているらしく、自嘲交じりの言葉は空虚に響く。しかし言われて初めて、ユスティネは微かに動揺した。

――寂しいなんて、あるはずがないのに……

むしろ久方ぶりの自由にホッとしている。それは間違いない。だがせっかく手に入れた一人の時間を意義のあるものにできたかと問われれば、答えは否だ。

何ひとつ建設的なことはせず、無為に浪費しただけ。頭の中はレオリウスのことでいっぱいだった。

「……冗談は、やめてください」

ユスティネは彼から顔を背け、近くの椅子に腰かけた。

単純に、これまでずっと同じ部屋で過ごし蹂躙されていたから、感覚がおかしくなっているだけに決まっている。それ以外に理由などない。あっていいはずが、なかった。

レオリウスが近づいてくる気配に、ユスティネの背に緊張が走る。また、あの行為を強いられるのかと身を硬くし、拳を握り締めると――

「突然だが、神殿から出ることになった」

「……え？」

座ったユスティネの横に彼が膝をついたことにも驚いたが、想定外の台詞に眼を瞬いてしまった。二度とここから出してもらえない可能性を考えてばかりいたため、瞬間意味が汲み取れない。

困惑していると、ユスティネの膝の上に置いていた拳に、そっとレオリウスの手が重ねられた。

「勿論、君も一緒だ」

「ど、どこに……」

行き場などない。ある意味二人とも見捨てられた人間。ユスティネは神から。彼は王家から。そんな二人がどこへさすらうつもりなのか。

「――王宮に戻る」

「えぇっ？」

思わず大きくなった驚きの声は、仕方がないと思う。逸らしていた視線を、ユスティネはついレオリウスへ向けた。

「どうして……」

勝手に戻れば、反逆の意思ありと見なされる可能性がある。彼は聖職者になることで王家の一員を退いている。しかしそれは表向きのこと。

実際のところ、この神殿に閉じこめられ自由も権力も奪われることで辛うじて生存を許されている状況なのは、ユスティネにだって分かっていた。

それが外に出るだけでなく、あまつさえ王宮に足を運ぶなど、狂気の沙汰だ。

母である王妃の葬儀にすら参列を許されなかったのに――

「じ、自殺行為です。グラオザレ国王様に反感を抱かれますよ……っ」

「僕を心配してくれるのか？　君にとってはその方が好都合だと思うが」

あまりにもその通りで、ユスティネは言葉に詰まった。けれど、誰かが無駄に傷つく姿を見たいとは思わない。それが仮に、自分を犯し監禁した男だとしても。

「……巻き添えを食いたくないだけです……」

　精一杯の強がりで、言葉を濁す。さりげなくレオリウスの手の下から己の手を抜き取ろうとしたが、一瞬早く、強く握り締められた。

「君には悪いと思うけれど、それは無理だな。どう頑張ってもユスティネを巻き込まずにはいられない。……ただし、必ず僕が君を守る」

「あ、貴方が私にとって一番脅威です……っ」

　誰よりユスティネを傷つける男が何を言う。呆れしか浮かばない言葉に、瞳を揺らした。

「ははっ、君の言う通りだ。――でも本気だよ。僕はこれからもユスティネに酷い真似をするけれど、他の危険や悪意からは絶対に守ってみせる。心も身体も傷つけさせたりしない。一生大事にする」

　まるで求婚の台詞に、眩暈がした。

　熱烈な愛を告げられた気がして、自分の立ち位置が曖昧になる。

　ユスティネと彼の関係性は、欠片も甘いものではない。搾取、支配、利用――パッと思いつくものだけでもいい意味などひとつもなかった。どれも一方的で上下関係がはっきりしている。

　それは互いが納得していない限り、健全な形ではないだろう。

「やめてください……っ」

　絞り出すように言う以外、何ができたのか。相変わらず手は握られたまま。肌が重なった手の甲がひどく熱い。落ち着かない心地になり、ユスティネは爪が食い込むほど強く拳を固めた。

「……君が不本意なのは、百も承知だ。それでも――一緒に来てもらう。今朝、正式に王宮から使者が来た。グラオザレには実子がいない。王妃を喪った今、新たに生まれることもあり得ない。このままでは王家が途絶える。だから僕に戻るよう命令が下った」

「王太子に戻られるのですか……っ？」

考えてみれば当然の結果でもあった。

もしもグラオザレ国王が新たに王妃を迎え子をもうけたとしても、簡単に後継者とは認められないだろう。この国では『王の血統』であること以上に『乙女』の血を引くことが大事だからだ。他の女が産んだ子供が玉座に座った例は、有史以来一度もない。

長い歴史の中で権力争いが起きたことはあったらしいが、どれも『正統な後継者』によって平定されている。何より、国民の支持が得られるはずもなかった。

前例のないことを強行しようとすれば、大きな反発がある。

ただでさえ国は荒れ、グラオザレ国王の評価が高いとは言えない今、反乱の火種になるのは必至だ。政情に詳しくないユスティネにでも分かること。

「でも……これから先、グラオザレ国王様の新しい『乙女』様が現れることも考えられませんか……あ、あの方だって先代王妃様のお子様です。つまり『乙女』様が産んだ子供。充分資格はあるはず……」

王はまだ高齢と呼ぶには若い。伴侶さえいれば、充分子宝に恵まれる可能性はある。そのことに思い至り、ユスティネは正面からレオリウスを見つめた。

「あり得ない。本来なら一人の王に一人の『乙女』。代替えはきかないものだ。確かにこれまでの歴史を紐解《ひもと》けば『乙女』に先立たれた王はいる。だがその場合でも二人の間にはちゃんと血を受け継ぐ者が生まれている。僕の母を娶《めと》り十五年もの間後継者に恵まれないことこそ、あの男が神に認められていない証だ」

王に相応しい者に下される祝福こそ『乙女』の存在。

過去、多数の息子を持つ王たちは、その中で伴侶となる次の『乙女』を手に入れた者に王太子の資格を与えてきた。つまり、生まれた順番や本人の能力は無関係なのだ。

今の時代には古臭い因習だと考える者もいるけれど、信仰心の強いアルバルトリア国では大多数の国民が『乙女』を神聖視している。神の奇跡そのものだと、捉えられているからだ。

つまり王位を保証してくれるのが『乙女』という存在。その伴侶との間に子がいないのは、グラオザレ国王の立場を悪くする要因に他ならなかった。

「――それに叔父は――あの男は、祖父が他の女との間にもうけた子だ。僕の父は身体が弱く、お祖母様である当時の『乙女』は次の子を望める健康状態になかったらしい。祖父は王太子候補が一人だけなのを案じ愚かな選択をしてしまった――それが全ての悲劇のきっかけになるとも知らず……」

では国を憂えて取った行動が、結果的に正統な王を死に追いやり、簒奪を許すことに繋がったのか。

吐き気が込み上げ、ユスティネは愕然とした。

レオリウスの言っていることが真実なら、最初からグラオザレには玉座に座る権利がなかったことになる。それどころか正しい王を殺《あや》め、その妻である『乙女』を我が物とし、次の王になるはずのレオリウスを王宮から追放したのだ。

これではアルバルトリア国が良くなるわけもない。国が傾くのは必然。

――誰もそんなことを知らず、訪れるはずのない平和を願ってきたの……？　それじゃ、いくら祈っても届くわけがない……

ユスティネの両親が命を落としたのは流行り病。それとて国情が安定していれば、回避できたかもしれない災禍《さいか》だ。

これまで頑張って正しく生きていれば、いつか報われると思っていた。それもこれも、アルバルトリア国には神が選んだ王がいるからだと心の底で信じていたからなのに。

気分が悪くなったユスティネは、肩を震わせた。

「では……レオリウス様が本当なら国王になられる方……」

「君を見つけたことで機は熟した。これは啓示だ。王宮からの呼び出しが罠であったとしても、僕は飛び込む。この時をずっと……十五年間も待っていたのだから」

じっと息を潜めて。屈辱に耐え。

彼が堪え忍んだ短くない年月を思えば、並々ならぬ決意であることが窺えた。

いくら憎んでも仇は王宮の奥深くで安穏と暮らしている。自分は神殿に閉じこめられ、いつ終わるとも知れぬ毎日を過ごすだけ。決して手が届かない敵の慈悲に縋り、息を殺して。

想像するだけで吐き気がする。正気を保てたことが奇跡だ。

――いいえ。レオリウス様は本当に心を病んでいないと言える……？

「あのケダモノはまだユスティネの存在を知らない。だからおそらく僕を亡き者にしてしまえば、唯一の王族になる自分が『乙女』以外との間に後継者をもうけるべきだと主張するはずだ。他に策がなければ、国を守るために仕方がないと嘯いて」

「そんな……っ、では危険ではありませんか」

殺されるために戻るようなものだ。あまりにも馬鹿げている。心の奥底で『行かないでほしい』と願っている自分に驚いたのは、ユスティネだった。

「……本当に君に身を案じてもらえている気分になるな……『乙女』とは随分慈悲深い生き物らしい。母も……僕の命乞いをするためにあの男の言いなりにならざるを得なかったのだから……」

「……え」

グラオザレが次の国王に相応しいと考えたから、彼女は傍に残ることを選んだのではないか。少なくとも、ユスティネはそう思っていた。いや、国中が『乙女』の意思だと信じている。けれど真実は違ったらしい。

我が子のために母親が、夫を殺した憎い相手に身を投げ出したのだと知り、胸が痛い。しかも当時レオリウスは八歳。

父を亡くし母と引き離され、しかも自分を守るために母親が全てを擲ったのだと悟っていたなら、残酷などという軽い表現では表しきれなかった。

「レオリウス様……」

「だから僕は君の存在を利用する。『乙女』を手に入れた僕こそが正統なる後継者だと知らしめるために、あえて敵地に赴くつもりだ」

利用すると宣言しながら握られた手は、縋られている心地がした。どこにも行かないでくれと懇願される力強さに、彼の微かな迷いと怯えを嗅ぎ取ったのは気のせいか。

もしかしたら、ユスティネの勝手な思い込みかもしれない。願望と言い換えてもいい。未だ捨てきれない期待が疼き、レオリウスの双眸の中に望む答えを探していた。

――私に振り払えるの？　この手を……

「……僕には、ユスティネが必要だ」

それが別の意味であったなら、どんなに嬉しかったか。

「……私の意見など、聞いてくださるつもりもないのに……」

「……ああ、そうだ。君の意思なんて関係ない。ユスティネは、僕だけのものだから。それに資格のない者が王位についていれば、この国はもっと荒れてゆく。それを聞いて、君は無視できるのか？」

抱き寄せてくる腕に、抗う気にはなれなかった。

今聞いたばかりの衝撃的な彼の過去に対し、同情しているからかもしれない。冷徹さを装っても、どこか泣きそうなレオリウスの表情に惑わされているのだとも思う。

彼の行為を許すことはできないし、その気もないのに。何故、ふざけないでと突き放せないのか、ユスティネには判然としなかった。

――私は、本当に愚かだわ……

憐みか。義務感か。

己の感情すら曖昧なのに、どうすればいいのかまるで見えない。それでもユスティネを懸命に放すまいとする切実な抱擁を、解くことはどうしてもできなかった。


王宮からの使者へ了承の返信を持たせた翌日には、レオリウスとユスティネは馬車に乗っていた。

迎えに寄越された馬車は古い上に小さく簡素な造りで、とても王太子を迎えるためのものとは思えない。それこそがグラオザレ国王の意思なのだと言われたのも同然の扱いに、憤りを覚えたのはユスティネだった。

「……これではあんまりではありませんか？」

「自力で来いと言われるよりは、まだマシかな」

対して無礼な仕打ちにも顔色ひとつ変えず答えた彼は、どこか遠くを見ていた。

今日のレオリウスは祭服ではなく、貴族令息が身に着けるような服を纏っている。いつもつけていた聖職者の証であるネックレスは、ミルカに返却したらしい。

長かった髪は短く切り揃えられ、浮世離れした印象は薄まり、貴公子然としている。

普通の格好をした彼を眼にするのは初めてで、ユスティネはどこか落ち着かなかった。見慣れないせいだけではなく、無意識に眼が吸い寄せられるからだ。

――こうしていると、なおさら高貴な方だわ……それに、十五年分の髪を切られたのは、決意の現れなのかな……

祭服も似合っていたが、今の姿の方が格段にレオリウスらしく感じる。ユスティネは聖職者としての彼しか知らないはずなのに、そう感じるのは不思議だ。

――それにしても寂しい出発……

神殿を発つ二人を見送ってくれたのは、ミルカだけだった。あとはレオリウス自身が神殿に押し込められた十五年前、護衛として付き従った従者が王宮への道中も警護を買って出てくれたのみ。つまり王宮側からは御者以外派遣されてもいないのだ。

新たな門出と呼ぶには、みすぼらしさが否めない。まるで秘密裏に事を運ぼうとしているのかと訝ってしまう。――こっそりレオリウスを呼び寄せて、亡き者とするために。

――そんな、まさか。考えすぎよ。いくら何でも親族間でそこまでは……

叔父と甥の間に立ち塞がる確執にゾッとして、ユスティネは馬車の中で身を強張らせた。

狭い車内では、向かい合って座る彼と膝がくっつきそうになっている。しかもこういった乗り物に慣れていないユスティネは、激しく揺れる車内で上手く体勢を保てず、あちこちに頭や体をぶつけた。

お世辞にも乗り心地がいいと言えない硬いベンチのせいか、お尻も痛い。いくら平静を装おうとしても、いつの間にか眉間に皺が寄っていたのだろう。ふと、レオリウスが片手を伸ばしてきた。

「そんなふうに座っていては、疲れる。もっと楽な姿勢になった方がいい。まだ道中は長いからね」

言うなりユスティネは手を引かれ、向かいに腰かけていた彼の腕の中に囚われた。背後から抱きしめられレオリウスにもたれかかる状態になり、体勢が安定する。それだけでも、だいぶ楽になった。

「……っ」

「嫌だろうが我慢しなさい。眠れそうならそうしてもかまわない。酔わずにすむから」

こんな状態で眠れるほど、ユスティネは図太くはない。しかもディーブルの丘でのことを思い出させる体勢に、心臓がドキドキしてしまった。

——どうかしている。あの時とはまるで状況が違うし、私はこの人を憎んでいたいのに……

許されるなら、話したくない上に顔も見たくない。距離を取っていれば、多少は心が穏やかでいられる。彼が視界に入るだけで胸を掻き乱されるのに、触れ合うなど以ての外だ。

こんな優しさや労りを感じてしまう接触は、動揺を誘うだけだった。

とはいえ、結果余計に落ち着かず、酔いもしなかったことは幸いだったかもしれない。

王都までの数日間、ある意味乗り物酔いどころではなく、吐き気と眩暈に悩まされることもなかったのだから。

「――相手の出方を見極めるまでは、君のことは僕の世話係だと説明するつもりだ」

「え？　私が『乙女』だから、連れてきたのではないですか？」

先日も利用すると宣言したばかりなのに、いきなり別のことを言われてユスティネは背後から自分を抱きしめる男を振り返った。

「勿論そうだ。だがいきなり教えてやる必要もないし、まずは安全を確保してからでも遅くはない。王宮の中には僕の協力者もいるけれど、念には念を入れた方がいい。――ユスティネを危険に晒すわけにはいかない」

「それは……私が貴方にとって――」

利用価値がある『乙女』だからか、という疑問は、声になりきれず掠れて消えた。自分から惨めになる質問をする勇気がなかったからだ。

それでも前向きに考えれば、こちらの身を案じてくれているのかもしれない。いきなりユスティネが国王を定める存在である『乙女』だと知られたら何が起こるか、想像に難くない。まず間違いなくグラオザレ国王は奪い取ろうとするだろう。レオリウスの母にしたたように。

万が一そんな事態に陥れば、いったい自分はどんな目に遭うのか。考えるだけで恐ろしい。

レオリウスにされた諸々のことを思い出し、ユスティネは身を竦ませた。

あんなことを別の男にされたらと想像すると、叫び出したくなるほど嫌だ。吐き気が込み上げ、いっそ死にたくなる。好きでもない人に触れられるなど、地獄も同然。とてもじゃないが、耐えられない。

――でも、彼にされたことだって辛かったはずなのに、私は死にたいとは思わなかったし、そこまで嫌悪感はなかった……どうして？

よく分からない。何だかあまり深く考えてはいけない気もする。これ以上答えを追い求めると、余計に傷つくだけ。そんな予感に襲われ、ユスティネは思考を断ち切った。

数日をかけて移動した馬車はやがて速度を落とし、宮殿の門をくぐり敷地内で停まった。ただし正門でないことは、一度も城に来たことがないユスティネにも察せられる。そして出迎える者もいなかった。

「ここは……？」

「懐かしいな。十五年前、僕が城を追われた時の裏門じゃないか。どうやら皮肉のつもりらしい」

ひと気のない裏口からレオリウスを出入りさせようとするやり口には、呆れと不快感が込み上げた。一度も相対したことのない国王に抱く心象は、もはやユスティネの中で最悪になっている。別にレオリウスに肩入れするつもりはないけれど、それでも勝手に募る同情心は抑えきれず、つい持て余す。

「……許せないって顔をしているな。もしかして、僕のために憤ってくれている？」

「え……っ、ち、違います。私は……っ」

「ははっ、分かっているよ。冗談だから、安心して。ユスティネが僕のために怒る必要も理由もない。――そうだったらいいなと思っただけだ」

そんなことを言われたら、どんな表情をすればいいのか混乱する。

特に何の意味もないことと割り切って無視するのが正しいのか。それとも馬鹿馬鹿しいと嘲るべきなのか。どちらもできないユスティネは押し黙ることしか選べなかった。

「――こちらへ」

やっと顔を見せた案内の男に促され、裏門へ通される。ここまで付き従ってくれた護衛の男とはここでひとまずお別れ。最初はユスティネも引き離されそうになったが、レオリウスが適当に言いくるめ、共に王宮内に入ることを許された。

「……わぁ……すごく華やか……でも……」

城の内部は、一見豪華絢爛《ごうかけんらん》な造りではあるけれど、そこかしこに荒廃の気配が漂っていた。汚れているわけではない。きちんと掃除は行き届いているし、壁や天井の細工や飾られた絵画の数々は素晴らしい品ばかりだ。だが何かが寒々しい。

──私がこの場に相応しくないから……？

異物として排除されている気がするのか。気後れしながら、ユスティネは前を歩くレオリウスを窺った。

「……こんなに寂しいところだったかな。記憶とあまり変わらないのに、とても拒絶されている気がする」

──私と同じ気持ち……

自分だけが排斥されようとしているのではないと感じ、微かに安心した。そんなことでホッとしても仕方ないが、同じ感想を彼が抱いているだけで、不思議と心強い。

ユスティネにとって何もかも初めて尽くしのこの場所で、唯一知るのがレオリウスのことだけ。そのせいなのか、一番警戒すべき彼の存在が支えでもあった。

「──こちらへお入りください」

通されたのは、日当たりや広さから最もいい場所であり、華美で金がかかっているのが一目瞭然の一室だった。そもそも重厚感がある扉の前を複数の兵が守っている。

中に一歩足を踏み入れれば、眼も眩む金の内装。この部屋の主は派手なものを好むのか、宝石があちこちに使われている。正直、どれもこれもがギラギラと主張しすぎ、趣味がいいとは言えない。

だが中央に置かれた大きな机だけは歴史を感じさせる逸品だった。一枚板から削り出されたのか継ぎ目はなく、彫刻が施され最高級品だとユスティネに知識がなくとも伝わってくる。その後ろの壁には巨大な肖像画。

国王の執務室だ。

「——久しぶりだな、レオリウス。元気だったか？」

大きな椅子にどっかりと腰かけていた恰幅のいい男が口髭を揺らした。笑ったつもりなのだろうか。蛇の如き視線が舐め回すようにこちらに向けられ、ユスティネは背筋に冷たい汗が伝うのを感じた。

壁に掛けられた肖像画と男を交互に見て、同一人物だと悟る。ただし描かれたのは随分昔のことらしい。

今とは違う、絵の中の引き締まった若々しい容姿の男は、ほんの少しレオリウスと似ている気もした。しかしかつては銀色だった頭髪は今ではすっかり白く色が抜け、毛量も乏《とぼ》しくなっている。

——この方がグラオザレ国王様……

国王であった実の兄を弑《しい》し、その妻を息子の命を盾にして脅し手に入れ、国と親子の時間を奪った男。最低の所業をしておきながら、少しも悪びれた様子がない。本当に、何とも思っていないのか、彼は立ちあがることもせず、両手を広げた。

「なかなか戻らないから、待ちくたびれたぞ」

「申し訳ありません。高齢な馬を休ませながらの遠路でしたので、時間がかかってしまいました」

　おそらく嫌がらせの一環だろうが、迎えに寄越された馬車は速く走ることも長時間酷使することも難しい馬が宛がわれていた。

　間違いなく、グラオザレ国王の指示のはず。しかし初耳だと言わんばかりに肩を竦めた小太りの男は、手だけでレオリウスに着席を促した。

「久しぶりの再会だ。叔父として甥の帰還を歓迎したいところだが、あいにく私は忙しい身でね。詳しいことはルドルフから説明を聞くといい。全く……面倒なことばかりが立て続けに起こる」

　レオリウスがピクリと微かに肩を強張らせたのは、気のせいではあるまい。グラオザレの発言には、言外に『レオリウスの母である王妃の死』も含まれていた。

　――そんな言い方じゃ、まるで王妃様が亡くなったこと自体、迷惑だと言わんばかりじゃない……

　それも息子の前で口にする内容として相応しくない。葬儀へ参列も許さなかったくせに、あまりにも非情だ。死を悼《いた》む一言もない。

　ユスティネはレオリウスに抱く蟠《わだかま》りを超え、グラオザレへの苛立ちを堪えられなかった。人を恨むには優しすぎるユスティネが、生まれて初めて感じる多大なる嫌悪感。それが、国王へ向けられたものだった。

「ひとつだけ言っておく。私はお前を呼び戻すことに賛成はしていない。だが国民からの反発を恐れた臆病者共が、お飾りであっても仮の王太子をもうけた方がいいとしつこくてな……まぁ私が我が子を得るまでの繋ぎとしてなら意味があるかもしれないと思い、渋々許可したのだ」

吐き捨てられた言葉が、彼の本音なのだろう。

不本意だと全身から態度で発している。険のある眼差しは、欠片も甥に対する叔父の親愛がこめられてはいなかった。

「───肝に銘じておきます」

「そうしろ。───命が惜しいならば」

明確な脅迫は、殺意を向けられたわけではないユスティネの背筋を強張らせた。今のやりとりは、『死にたくなければ大人しくしていろ』と刃を突きつけられたのも同然だ。

狼狽するユスティネとは対照的に落ち着き払ったレオリウスは、立ったまま深々と頭を下げた。本当なら、彼こそが座る椅子にふんぞり返った男に対して。

「分かっているなら、もう行け。あとのことはルドルフに全て一任してある。───ああ、その小娘はお前の使用人か？」

「はい。これまで長きにわたって仕えてくれたので、連れてまいりました。───叔父上様に余計な面倒をおかけするのは心苦しいので、これからもこの娘に身の回りの世話をさせるつもりです」

「ふん。それは良い心がけだ。どうせ私の子が生まれれば、お前はまた神殿に帰る予定なのに、王族として贅沢な暮らしを覚えるのも酷だからな」

ユスティネを下品な眼差しでジロジロと見たグラオザレは、鼻を鳴らした。滲みだす侮蔑が突き刺さる。息苦しくなってスカートの裾を握り締めたユスティネは、ふと俯いた視界に影が差したのを感じた。

「……？」

そっと窺った先にあったのは、レオリウスの背中。どうやら一歩横にずれ、グラオザレの視線を遮ってくれたらしい。

――偶然？　それとも……

考えても答えなど分からない。それでも、呼吸が楽になったのは事実だった。

「ルドルフ！　レオリウスを連れて行け！」

部屋の片隅に控えていた壮年の男性に言い放ち、グラオザレは片手を振った。犬を追い払うような仕草に、眉を顰めたのはユスティネだけ。レオリウスは改めて深々と頭を垂れたのみだった。けれど、隙のない所作に微かな揺らぎをユスティネは感じた。

――懸命に耐えている。

恐ろしいほどの自制心で彼は己を律していた。

今はまだ行動を起こす時ではないと自分に言い聞かせているのだと――ユスティネには分かってしまった。

「かしこまりました、グラオザレ陛下。ではお私がレオリウス様をご案内いたします」

「ああ。ヴァンクリード卿、久しぶりだね。よろしく頼む」

どうやら二人は旧知の仲なのか、簡単な挨拶を交わした。しかし友好的な空気はなく、ごく義務的にルドルフは受け答え、歩き出す。

王の執務室を出て長い廊下を進む間も、重い沈黙が横たわっていた。

――この方も、レオリウス様を快く思っていらっしゃらないのかしら……

ユスティネは王宮内のそこかしこから、こちらへ向けられる視線を感じた。それらのどれもがレオリウスを眼にして驚き、ひそひそと囁きを交わしている。どこか空々しい空気からは歓迎の意を感じられない。むしろ何をしに戻ったのだと責める眼差しがほとんどだった。

――ここは敵だらけ……

怖い。無意識に足早になったユスティネは、前を歩くレオリウスとの距離をほんの少し縮めた。それだけで恐怖心が微かに和らぐから不思議だ。

「――ヴァンクリード卿、もしも時間があれば、行きたい場所があるのだが……いいだろうか？」

「心得ております。まずはそこにご案内するつもりでおりました」

「流石は国王の右腕と称される方だ。ありがとう」

「……過去の話です。今ではこれといった役職もないおいぼれです」

硬質な声で吐き出した男に先導され、ユスティネは長い廊下を進んだ。やがて一度外に出て、別の建物に入る。そこは天井が遥か彼方の高い位置にある、荘厳な場所だった。更に仰々しい扉の鍵を開け、階段を使い地下に下りれば、驚くほど広くうす暗い空間が横たわっていた。


——ここは……墓所？

代々の王族が眠る場所だ。意匠をこらした墓がずらりと並んでいる。そのどれもに見事な彫刻や装飾が施され、芸術品と見紛うほど美しい。

ただし生者の気配がない圧倒的な静寂は、耳が痛いほどだった。

停滞する空気。時間が止まった暗がり。訪れる者がなければ、何ひとつ動かない空間。

三人分の足音と微かな衣擦れの音以外は、何も聞こえない。下手をすると呼吸音さえ雑音になってしまいそうな静けさだった。

「——こちらに王妃様は眠っておられます。最後までレオリウス様のことだけを案じていらっしゃいました」

「えっ……」

驚きの声を上げたのはユスティネ。レオリウスは黙って足を止めただけ。

——ここが、レオリウス様の母君でもある先代の『乙女』様が永眠する場所……

ユスティネは一番新しい墓に視線を向けた。

他と比べ質素だと感じるのは、単純に小振りなせいだけではあるまい。少ない彫刻や細工が物寂しい。歴代の王妃の墓と見比べると、差は歴然だった。

グラオザレの命令なのか、彼女本人の意思なのか。どちらにしても、じっと墓を見つめたレオリウスは微かに嘆息した。

「案内、感謝する。父の隣に埋葬してくれたのだな。ヴァンクリード卿の尽力か。……ありがとう」

「……この程度のことしかできなかった私を責めもせず、そのようなお優しい言葉をいただけるとは……お変わりありませんね、殿下。どうぞ他人行儀な呼び方はやめ、以前のようにルドルフとお呼びください。――お帰りを、心よりお待ちしておりました」

それまでの素っ気ない態度が掻き消え、心情が籠った言葉に、眼を見開く。光源の乏しい地下室で、壮年の男は片膝をつき恭しくレオリウスの手を押し抱《いだ》いて額を寄せた。

「――よせ。誰に見られているか分からない」

「ご心配なく。ここでなら安心です。見張りの者はこちらの手の者ですから……」

先ほどまでとは打って変わり、ルドルフは感極まった双眸でレオリウスを見上げた。彼の言葉に嘘がないのは、ユスティネにも見て取れる。本心から、レオリウスの帰還を待ち望んでいたらしい。

「長い間、ルドルフにも迷惑をかけた……」

「迷惑など、滅相もありません。殿下をお守りできなかった私たちこそ、どう償えばいいのか……！　この十五年間、私にできたのはあの男におもねり、生きながらえることだけでした」

「いや。君たちの助力があったからこそ、こうして僕は王宮に戻ることができた。ありがとう。さぞ屈辱と忍耐の年月だっただろう。よく耐えてくれた」

「もったいないお言葉です……！」

　今や地べたに平伏せんばかりに頭を下げたルドルフは、声を詰まらせて嗚咽を堪えた。

　壮年の男性がそんなふうに感情を露にする様を眼にしたのは初めてで、ユスティネは少なからず驚く。だがそれだけ彼は、レオリウスが戻ることを待ちわびていたのだ。

「――ユスティネ、彼はルドルフ・ヴァンクリード卿だ。元は父の右腕であり、この国の宰相だった。今でこそ閑職に追いやられているが……ずっと陰から僕を支援してくれた信頼の置ける人物だから、万が一何かあれば、彼を頼るといい」

「は、はい……」

　そう言われても、どう返せばいいのやら。二人の男の間で視線をさまよわせるユスティネを、ルドルフがじっと見つめてきた。

「あの、殿下……彼女は……？」

　ただの使用人としては近すぎる距離感を、不思議に思ったのだろう。そもそも今日初めて現れた小娘が、王族たちが眠る墓所に入るなど不審がられても仕方ない。たとえレオリウス自身が連れてきたとしても、質疑されるのは当然だった。

「――彼女はユスティネ。……僕の大切な切り札だ」

「では、もしや……！」

　はっと眼を見開いたルドルフは、全て察したらしい。何度も頷き、感慨深げな息を吐いた。

「かしこまりました。では殿下の身の回りの世話は彼女に一任すればよろしいですね」

「ああ。他の使用人はいらない。充分事足りる」

何やらユスティネだけが置き去りにされ、話が進むのは居心地が悪い。どんな顔をして立っていればいいのかも分からず、何気なく一歩後退った。

――私自身の気持ちとは無関係に、どんどん周りが動いていく……逃げ道が更になくなったみたい……お母さん、お父さん……私はどうしたらいいの……？

これほど王宮への帰還を熱望されていたレオリウスを見捨てたいとは、ユスティネにはとても思えなかった。それは畢竟《ひっきょう》、アルバルトリア国そのものを見捨てることになる。流石にそんなことはできない。したくない。でも――

「――ルドルフ、しばらくの間一人にしてくれないか。十五年ぶりに父上と母上の二人と語らいたい」

「これは気が利かず申し訳ありません。では私は階段を上がった扉の前でお待ちしております」

「あ……では私も……」

一人になりたいとレオリウスが言うなら、ユスティネが一緒にいる理由はない。しかも王家の墓所では、明らかに自分は部外者である。頭を整理するためにも彼と離れたくて、ユスティネはルドルフと共に階上へ向かおうとした。しかしその直前、一瞬早く引き留められる。

「君は傍にいてくれ。――頼む」

「……えっ……」

微かに潤む碧の瞳。意志の強さの奥に揺らぐ孤独。刹那のうちに過った全ては、瞬きひとつの間に隠されていた。

だが、今の台詞は逃亡を警戒し、眼の届くところにユスティネを置いておこうという意味ではない。単純に隣にいてほしいと乞われているのだ。皮肉なほど、レオリウスの心情が伝わってきて、息が乱れた。

辛い時、静かに寄り添ってほしいという願いを込め――

――王妃様が亡くなられた際は、私を遠ざけようとなさっていたのに……

変化した距離感にひどく戸惑う。あの時は、嫌がられてもユスティネ自身の意思で彼の傍にいたいと思った。仮に伝わらなくてもすぐ近くに控え、レオリウスを慰めたい、僅かでも心の傷が癒えるならどんなことでもしてあげたいと願い、何もできないことに落胆していた。

でも今は――

――私自身は、どうしたいの?

お断りだとせせら笑って、ルドルフについて行くこともできる。今、レオリウスからされているのは命令ではなく懇願。突っぱねる権利は、ユスティネの手に握られていた。

「……何かしてほしいとか言ってほしいとは思わない。ただ少しだけ……ここに僕と留まってくれないか。……駄目か？」

表情は凍りついたまま、何の感情も窺い知れない。抑揚のない声は、地下の空間に冷たく響いた。傍から見れば、母の墓前にあっても冷静で無情な息子だと思うだろう。

だが。

レオリウスとユスティネの様子に少し迷うそぶりを見せたルドルフは、頭を下げ足早に立ち去った。今ならまだ彼の後を追えば間に合う。ユスティネはレオリウスに背を向けて、陰鬱な墓場から逃げ出すことは可能だ。

情ではなく一方的な利益のために繋がっている自分たちに、こんな湿った場面は似つかわしくない。もっと乾いた関係こそが相応しい。

だからさっさと踵を返し、ルドルフの背中を追うべきなのに――ユスティネの足は、一歩も動いてくれなかった。

「……ありがとう」

俯き立ち尽くすユスティネに礼を言い、レオリウスは母の墓前に跪いた。瞑目した横顔は、彫像の如く美しい。ランプの仄かな光に照らされ、いっそう作り物めいて見えた。

何を考えているのか、その表情からは分からない。もとより彼の考えていることなど、ユスティネに理解できたことはないのだ。それでも、子が父母を想う心に大きな違いはないだろう。

「私も……」

ぼんやり突っ立っている気になれず、結局ユスティネもその場に膝をついた。いくらレオリウスが恨めしくても、彼の両親は関係ない。それに死者を悼む気持ちを踏みにじることはできなかった。

「本当に優しいな、君は」

「……臆病なだけです。憎悪を維持して撒き散らすのは、とても大変なことですから……それに、自分自身に対して恥じたくないんです。亡くなった人を前にして、何も感じず平然としているのは寂しいことです。どんなに辛くても空っぽになってはいけません……」

このままレオリウスに背を向ければ、何かが壊れる予感がした。それはたぶん、良心や優しさなどと呼ばれるものだ。

それらが欠けても人は生きていける。しかし随分中身のないものになることは、間違いなかった。

「……それはご両親の教え？」

「はい。父は自分に厳しい人でした。私にはベタベタに甘かったですけど……ああ、母にも同じくらい甘々でしたね。子供心に、あんな夫婦になりたいと思っていました」

口にしてから、ユスティネは早まったと思った。落ちた沈黙が耳に痛い。

これでは彼へ嫌みを言ったみたいだ。けれど言い訳を並べ立てるのも何だか違う。

自分はレオリウスに傷つけられたのだから、文句のひとつも言っていいはず。彼がどう感じようが、頓着《とんちゃく》する必要もない。しかし膠着した時間に耐え切れず先に言葉を紡いだのは、ユスティネの方だった。

「わ、私の母は、よく人に優しくしなさいと教えてくれました。でもそれは聖人のように誰かれかまわず奉仕しろという意味ではありません。善意はいずれ自分に返ってくるものだからって……ちょっと打算もあるんです」

「……二人とも人格者だったのだな。そういうことを赤裸々《せきらら》に言えるのは、ユスティネと君の母君が本当に綺麗な心を持っているからだよ。でなければ、耳に心地いい言葉で糊塗《こと》しようとする。勿論大多数の人はそうするだろうし、僕も悪いとは思っていない。――でも……ユスティネと話していると、君はいつも純真すぎて眩しくなる」

「……レオリウス様は、私を買い被りすぎだと思います……」

「仕方ない。僕の眼にはそう映るんだから」

自分が特別善人だとユスティネは思っていない。ごく普通に狡い面も汚い部分もある。だから手放しに褒められると妙に気恥ずかしくて、素直に聞くのは難しかった。

「レオリウス様は眼がお悪いのではありませんか」

「酷いな。でも君がそんな悪態を吐くのは新鮮だ」

「いまさら取り繕っても、仕方ありませんもの」

「確かに」

苦笑が隣から聞こえてきて、ユスティネはそっと息を吐いた。

考えてみればこんなふうに話をするのは、二人の関係が変わってしまう前以来だ。それに彼が本物の笑顔を見せてくれたのも。

あの晩からずっと張り詰めた緊張状態の中に、ユスティネはいた。そしてレオリウスも、距離を測りあぐねていた気がする。いくら強引に肌を重ねても、互いの心は隔たるばかりだった。

誰より密着しているはずが、まともに声も届かない場所にいる気がして、虚しかったのだと思う。

——おかしいかもしれないけど、今の方がずっと彼を近くに感じる……

二人の間には手を伸ばせば届く程度の空間がある。ピッタリ寄り添っているわけではない。それでもディーブルの丘で感じた胸の高鳴りと不思議な高揚が、ユスティネの中によみがえった。

——私は、おかしいのかもしれない……

自分を襲った男と、こんなひと気のない場所にいて、どこか安心してしまっているのだから。きっとまともとは到底言えない。先の見えない迷路で迷ううちに、精神の均衡を崩したのかもしれなかった。

きっと今だけ。

死者の墓前で、感傷的な気分になっているからだ。ユスティネ自身も両親を亡くしているせいで、レオリウスの気持ちがよく分かった。

こんな時は誰でもいいから傍にいてほしいと願っても、不思議じゃない。自分も弱っている人に対し辛辣になりきれないだけのこと。

胸に滲む思いの名前は、たぶん同情。余計なことなど考えなくていい。

会話が途切れ、二人の間に沈黙が降り積もる。だが嫌ではない静寂は、いっそ心地よかった。

流行り病で両親を相次いで亡くした当時、ユスティネは僅か十二歳だった。だがレオリウスが父を喪い母と引き離されたのはたった八歳のときだ。

辛さは同じだと思っても、四歳の差は大きい。しかも生きているのに会えない十五年間はどれだけ彼の心を苛んだのだろう。

――いくらレオリウス様が平然としているように見えても、悲しくないはずがない。

両親が亡くなって独りぼっちになってすぐ、私は幸い神殿に拾ってもらえたから立ち直れたけれど、何日も泣き通して身体中の水分がなくなってしまうかと思った……

今も傷は完全には癒えていない。両親を思い出すだけで、ユスティネの眼の奥が熱くなる。レオリウスも同じだったとしたら――

もし彼が今泣きたいなら、少しだけ離れるべきかもしれない。泣き顔を見られたくない男性は多い。

ちらりと横目でレオリウスを盗み見て、ユスティネは虚を突かれた。

相変わらず何の感情も浮かんでいない横顔。

半眼になった瞳で、母の墓を見つめる様は、虚無に満ちていた。

――ああそうか……この方は……

おそらく、今だけでなく昔も、泣くことができなかったのではないか。根拠はないけれど、ユスティネには分かった。

たった八歳の子供であっても、泣き喚いて母を恋しがることを許されなかったのかもしれない。立場や状況が幼子からきちんと悲しむ機会すら奪った。だからこうして今になっても感情のどこかが凍りついてしまっている。

――レオリウス様は涙を流すことなく、泣いている。

ずっと。独りぼっちで。

行き場のない悲しみをどこにも吐き出せず、溜め込むだけの十五年間。内側から腐らない方がどうかしている。もしもこれがユスティネだったら、とっくに壊れてしまっていただろう。

無意識に持ち上げたユスティネの手が宙で迷い、結局何もできずに下ろされた。その手を見下ろし、愕然とする。

ひょっとして自分は、彼を慰めたかったのだろうか。肩を摩ろうとしたのか、それとも抱きしめたかったのか。少し前までは触れたくないと思っていたのに、無為に下ろされた自分の指先が、とても寂しい。

しかしもう一度レオリウスに向け手を伸ばす勇気はなかった。

自分たちは決して分かり合えない存在。そもそも彼はユスティネからの労りなど求めてはいないに決まっている。ただの道具に何を言われても、心に響かないのと同じこと。聞いてもらえない言葉を重ねるのは、こちらだって辛い。

――やっぱり私は臆病者だわ……

立ち去ることも声をかけることもできず、ユスティネは俯いた。

――それでも……今辛い時間を共有する相手に、レオリウス様は私を選んでくださったのよね……？

静かに時間が流れる。

地下の冷たい空気が、余計に心を凍えさせる気がした。

◇◇◇

やっとここまで来た。

歓喜に身を震わせながら、レオリウスは身の内に渦巻く狂気に焼き尽くされそうな恐怖を覚えていた。少しでも気を抜けば、喰らい尽くされてしまう。

十五年間騙《だま》し騙し手懐けてきた憎悪が、今や限界まで膨れ上がっていた。

――あと少しだ。もう間もなく、あのケダモノの喉笛を食い千切ってやれる……

本当なら母を救い出すつもりだったのに、間に合わなかったのは、自分が不甲斐ないからに他ならない。墓前でどんなに謝っても、レオリウスは無力感に苛まれていた。

涙は流れない。泣くことなど、とうの昔に忘れた。悲しみに打ちひしがれる姿は誰にも見せられず、いつだって平静を装ってきたからだ。

そうして周到に自分も周囲も騙し、無害な腰抜けだと思わせてきた。再会したグラオザレは、レオリウスが血を吐く思いで作り上げた『どんな扱いを受けても何も言えない気弱な子供のまま』という虚像を信じ込んだらしい。それでいい。これからも便利に使える駒のひとつだと思い込んでいてくれた方が動きやすい。

母の墓は、父の墓と同じく簡素で、歴代の国王夫妻に比べると、圧倒的に小振りだ。しかしそれは華美なものを好まなかった二人の意思が反映された結果だった。

――やっと、二人一緒に眠ることができましたね……父上、母上。ゆっくりお休みください。

手向ける花も祈りの言葉もない。仮初でも聖職者だったレオリウスは、勿論こういう場面での振る舞い方を知っている。死者を弔う聖句も諳んじられた。だが今はまだその時ではないと感じたのだ。両親の死を本当に悼むのは、全てが終わってからと決めている。

未だに何も成し遂げられていない自分には、なくしたものを嘆く権利はない。これからも両手を血に染め、茨の道を突き進むことしか許されていなかった。

――あの男はいずれ、どの墓よりも大きく立派な自分の墓を作るつもりだろう。そんなことは認めない。少なくともレオリウスには、一族が眠る場所に叔父を入れてやるつもりはなかった。

――もう僕には守りたい人はいない……ならば母の意思に従って、この国を支える道具になりきればいい……

自分に必要なのは憎悪だけ。滾《たぎ》る憎しみの力を借り、己の身諸共《もろとも》あの男と焼き尽くされてもかまわない。むしろ本望だ。

そのためなら何もかも犠牲にする。償いはアルバルトリア国の礎になることで果たしていくつもりだった。

――そうだ。いまさら迷うな。心が弱れば、どこで足を掬われるか分からない。一時も気を抜かず、目的のためにだけ命を捧げればいい。

余計な感情など、邪魔なだけ。もとより道具に心は必要ない。

隣にしゃがむ小さな存在に意識が吸い寄せられそうになり、レオリウスは慌てて瞑目した。

ユスティネのことを思うと、胸が掻き毟られる。なくした良心が疼くのか、捨てたはずの人間らしい感情が呼び覚まされそうになった。そんなことは微塵も望んでいないのに。

むしろ願うのは、何も感じない強靭な精神だ。己をも道具としてみなし、揺らがない意志。十五年の間に手に入れられたと思っていたそれは、彼女の登場によって脆くも崩れ去った。

それでも最初は、一時の気の迷いだと軽く考えていられたのだが――

日を追うごとに、苦しくなる。傍に縛り付けておかなければと焦り、同時に穢れたレオリウス自身からユスティネを遠ざけたいとも感じた。

こんな感覚を他者に抱くのは初めてで、自分でも整理できない。

ただ今この瞬間も、痛みを感じないはずの場所が激痛を訴えている。

――余計なことは考えるな。決意が鈍る。

邪魔な心なら捨ててしまえばいい。『乙女』はもうこの手の中にある。あとは全てを正しい形に戻すだけ。

ユスティネの心など気にするだけ無駄だ。既にこれ以上ないほど蔑《さげす》まれ憎まれているのだから。いまさらどう足掻いたところで何も変わりはしない。

――『乙女』を掌中に収めた僕こそが正しいに決まっている。これからも僕は彼女を利用し続ける。

そう決意を固め、レオリウスは両親の墓に視線を戻した。

寄り添い眠る二人は、自分の記憶にある限り仲睦まじい夫婦だった。いつも互いを気にかけ、惜しみない愛情を伝え合っていた。子供心に気恥ずかしく、だが将来レオリウスもそんな伴侶を見つけられるのだと信じて疑わなかったのに――

――僕の『乙女』とは、永遠に築けない関係だな……

恨まれることしかしていないのだから、当たり前だ。こうして隣に留まってくれているだけで、感謝しなければならない。

――結果的にお祖母様を裏切ったお祖父様だって、お祖母様を愛し大切にしていたのは事実だ。

アルバルトリア国歴代の国王は皆、伴侶である『乙女』を至上の宝として大事にしてきた。違うのはグラオザレとレオリウスだけ。

不意に思い至った答えに、レオリウスは慄然とした。

もしかして今の自分は、あれほど嫌悪し憎悪した叔父と同じことをしているのではないか。『乙女』の意思を無視して、力づくで自分のものにした。本当なら真綿で包むように守らねばならなかったのに、実際には苦しめているだけだ。

全てを奪い、矜持《きょうじ》すらへし折って――

――違う……っ、僕はあのケダモノと同じなどではない。グラオザレは父の伴侶を奪った。でもユスティネはもともと僕のものだ。

あの痣を見つけた瞬間、レオリウスは確信した。これでやっと大手を振って彼女を手に入れられると、身の内から獣が歓喜の雄叫びを上げたのだ。

これからはユスティネへ傾く気持ちを抑え込まなくていい。何故なら神が決めたことだから。

自分の苛烈な運命に巻き込むのは可哀想だなんて同情もいらない。

お前には権利がある。もはや我慢する必要はない。求めてやまない女を捕らえて、欲望のまま牙を立てろと――大口を開けて哄笑する獣が――

――獣……？

それは醜い欲のために兄を殺し、その妻を奪ったケダモノと何が違うのか。

全身が冷水を浴びたように冷えたのは、地下の寒さのせいではない。これまで見ないふりをしていた己の本音と対峙し、レオリウスは昏い瞳で虚空を見つめた。

4　日陰に咲く花

王宮に来て以来、ユスティネの生活に大きな変化はなかった。

むしろ以前の暮らしに戻っただけだ。つまり、レオリウスの世話係として、忙しく立ち働いていた頃に。

朝早く起きて、室内の清掃をして食事を並べる。洗濯物を出し、洗い上がったシーツでベッドを整え、クローゼットの整理をする。そんな規則正しい毎日が戻っていた。

他に使用人は必要ないと彼が宣言したため、こなさなければならない仕事は多い。とはいえ、流石に一から十までユスティネ一人が請け負うのは不可能だ。

と言うのも、神殿の中で毎日規則正しく祈りを捧げていた頃とは、レオリウスの生活が違う。

深夜遅くまで書類を読みこみ、来客が後を絶たない。早朝から出かけ、戻ってきても横になることなく翌朝を迎えていることすらある。けれどユスティネを付き合わせる気はないらしく、身の回りの世話はいつも通りの時間にしてくれればいいと告げられていた。結果、食べた形跡のない食事や、休んだ跡のないベッドに、胸を痛めた回数は一度や二度ではない。

医療整備や飢饉《ききん》に襲われた地域への支援、教育、弱者への援助など、グラオザレが蔑《ないがし》ろにしていたことを一手に引き受け改善しようとしているらしい。

――王太子様という立場はこれほどお忙しいものなの……？　こんな生活をしていたら、身体を壊してしまうのではないかしら……ああ、私が心配なんて、しても仕方ないのに……

彼を案じる気持ちが込み上げ、ユスティィネは慌てて打ち消す。そんな日々がずっと続いている。

王宮に戻って以来、精力的に働くレオリウスは、間違いなく人の上に立つのに相応しい人物だ。ユスティィネが知る、高潔であってもどこか諦念を滲ませた聖職者の顔はもはやどこにもない。そして、自分を虐げ支配する非道な男でもなかった。

――でも、もう以前のように色々な話をしたり、私の知らないことを教えてもらったりすることはできないのね……レオリウス様は本当なら神殿の中で燻ぶることなく、国の中枢で生きるべき方なんだわ……

それは、少し寂しい。だが寂寥《せきりょう》を感じたことに動揺して、ユスティィネは頭を左右に振った。

「……ば、馬鹿なことを考えていないで、世話係の仕事だけはちゃんとしないと」

いくら慣れた仕事であっても、暇なわけではない。王宮は神殿よりはるかに広く、食膳やお湯を運ぶだけでも一苦労だし、台所へ行く必要がある。しかし基本的に室内から出ることを許されていないユスティネには無理な話だった。そこでもう一人、ルドルフが選んだ使用人がユスティネの下につけられていた。

「あ……ごみを捨ててきてくれたのね、ありがとう」

纏めておいたごみがいつの間にかなくなっており、ユスティネは少女に礼を述べた。無言でぺこりと頭を下げた彼女の年の頃は十代半ば。いやもっと若いかもしれない。名前はシエラ。

あどけなさを残した丸い頬は、女性と呼ぶにはあまりにも幼かった。

しかし奥二重の瞳には凛とした光があり、落ち着いた振る舞いも相まって彼女を年齢不詳にしている。仕事ぶりは淡々としており真面目。余計な無駄口も叩かない。だからこそ、ルドルフが信頼してレオリウス付きにしたのかもしれない。

「あの……シエラさん、よかったら少しお話でも……」

「いいえ。そろそろ洗濯物が仕上がる頃ですから、取りに行ってまいります。それから何度も申し上げていますが、私に敬称は必要ありません。どうぞシエラとお呼びください」

口数は少ないが実直な人柄がにじみ出る彼女と仲良くしたくて、ユスティネは今日も雑談に誘ってみた。しかし結果は惨敗。いつもこうして断られる。

単純にシエラが使用人同士の交流を望んでいないのかもしれないが、こんな小さな少女にまで自分が疎まれているのかと思うと流石に辛い。王宮内でユスティネたちは相変わらず異物扱いだ。あからさまに避ける使用人たちも少なくなかった。

「そ、それなら、シエラさ……シエラも私への敬語は必要ないわ。同じ立場で年齢も近いのだし、もっと砕けてくれても……」

「め、滅相もありませんっ。そのようなこと、するつもりはありませんっ」

取り付く島もなく拒絶され落ち込みかけたユスティネの様子に気がついたのか、彼女はやや慌てたように言い繕った。

「……申し訳ありません。あの、私はおしゃべりが苦手なんです。失礼します」

先ほどより深く頭を下げた刹那、彼女の胸元から紐に吊るされた巾着状の袋がこぼれ出た。どうやらネックレスのように首にかけていたらしい。しかし結び目が緩んでいたのか紐が解け、袋が床に落ちた。

「あっ……！」

硬いものが入っていたようで、カチャンと硬質な音が響く。大きさは片手で握り込める程度。革製らしい袋は随分古めかしく、所々擦り切れていた。

「大変、壊れていないといいけれど……」

仕事中、肌身離さず持っているなら、さぞや大切なものだろう。

ユスティネが袋を拾ってやろうと屈むと、一瞬早くシエラが袋を持ち上げ、隠すように胸へ抱きしめた。

まるでこちらに奪われるのを警戒する仕草に、唖然としてしまう。勿論ユスティネにそんなつもりはなかった。ただ、拾って渡そうと思っただけだ。

「あの……私は盗ったりしないわ……」

「そ、そのようなつもりではありません……っ、で、ですが、申し訳ありません、失礼な真似をして……でも、とても大事なものなので……」

「あ、いいの。気にしないで。勝手に触ろうとした私が悪いのだし……」

引き攣《つ》りつつも微笑んで告げれば、彼女は強張っていた肩から力を抜いた。

「――本当にすみません。私ったら、何て無礼を……し、失礼いたします」

逃げるように踵を返され、取り残されたユスティネは溜め息を吐いた。

レオリウスの使用人という立場は同じなのだから、もっと打ち解けられたらいいのに。シエラはいつまで経っても敬語も崩してくれない。それどころか、一線引かれている。まるでこちらを警戒し、恐れているようにも見えた。それとも王宮内で自分たちがそれだけ浮いた存在だからなのか……

せめて他にももっと同年代の仲間がいたら……と考え、ユスティネは首を横に振った。

レオリウスに不特定多数の人間を近づけるのは危険すぎる。それに彼は、着替えや最低限の身支度は一人でできるので必要なかった。これも以前と同じだ。だから人員を増やす理由は全くない。

彼はあまり手のかからない主。ユスティネは下働きの娘。ずっとそうであったかのような日々が、かれこれもうひと月も続いていた。

それはつまり、室内に監禁され凌辱を繰り返されることもない——という意味だ。

——これは喜ぶべきことなのかな……？

心が伴わないのに肌を重ねずにすんでいるのだから、歓迎することだと思う。しかしいきなり突き放されたようで、何だか落ち着かない気持ちもあった。

ユスティネの部屋は、レオリウスの隣に用意されている。呼び出されればいつでも行けるし、逆もまたしかりだ。

だが、一度もそういうことは起こらなかった。夜は早めに自室に戻るよう促され、翌朝はまた同じことの繰り返し。

ただの職場なら、理想的な環境だ。けれどユスティネにとってこのひと月は、透明な水の中に一滴ずつインクを落とされ、濁ってゆく気分だった。

——私から『どういうつもりですか』と聞くのはおかしいよね……

まるで何故抱かないと言っているみたいではないか。いや、みたいどころか正に聞きたいのはそれだから困る。

彼がユスティネを王宮まで連れてきたのは、『乙女』として利用するつもりだったからに他ならない。それが今は使用人としての働きしか求められていないのは、互いの距離感がまた曖昧になって、レオリウスとどう接していいのか分からなくなる。

――別に、ふしだらなことをしたいわけでも、私が『乙女』だと認めたわけでもないけど……っ、あの方はいったい今日までに何度危険な目に遭ったと思っているの……？

王宮で暮らすようになってから、レオリウスはもう数えきれないくらい暗殺の危険に晒されていた。

食事に毒物が混入されていたこともあれば、視察中にどこからともなく弓を射かけられたこともある。夜間寝室に何者かが侵入しようとした痕跡が発見された回数も、片手の指では足りないほどだ。

幸いにも彼が未然に防いだり回避したりしているので、大事には至っていない。レオリウス曰く、敵も本気ではなくただの脅しらしいし、ルドルフが秘密裏に警護を固めてくれていることも大きい。

だがこれまで無事だったのは、運が良かっただけだとも言える。

――何か対策を立てないと……例えば『乙女』を手に入れたと公式に発表すれば、周囲の反応も変わるのではないの……？

少なくとも、レオリウスが王太子に相応しくないと思っている者たちの考えを変えさせることはできるだろう。そうなれば協力者も増やせるはずだ。

――現国王派を切り崩し、味方を増やすことだって……

そこまで考え、ユスティネはハッとした。

まるで自分は彼に勝利してほしいと願っているみたいだ。どれだけ否定しようとしても、紛れもなく彼の身を案じ、気を揉んでいた。

「まさか。私は自分の身を守ろうとしているだけよ」

わざと声に出して言ったのは、動揺しているからだと自分でも察している。頭の中を整理したくて、あえて言葉にしたのだ。己自身に言い聞かせるために。

「……レオリウス様が私を守るとおっしゃったのだもの、いなくなられては困るわ。王宮から放り出されたら、私はどこに行けばいいの？　神殿に戻るには距離が遠すぎるし、受け入れてもらえるかも分からないじゃない。それに、この国の行く末だって心配だし……」

並べ立てた理由はどれも本当だ。ひとつも偽りではない。けれど完全に真実かと問われれば、違った。

どれもこれもひとつの要因にすぎないからだ。

意地や矜持を取り払って正直になれば、彼が心配なのだという気持ちしか残らない。傷ついてほしくないと切に願っていた。今この瞬間もきっと、レオリウスはひとりで戦っているのだ。ユスティネを利用するなどと言いながら、まるで守るように背中に隠して。

――あんな酷い人、どうなっても私には関係ないのに……

見捨てきれない。色々思うところがあっても、こうして隣に留まっていることが何よりの証拠だった。

――でも仮に、あの方が国王になったら、私は本当に伴侶になるの……？　それは王妃になるってことでしょう？　私なんて学も教養もないのに、無理に決まっているじゃない……。

分不相応にもほどがある。

ユスティネは手にしていた箒を片し、息を吐いた。

「もし……逃げる術が見つかったら、私はどうするんだろう……？」

ここにいるしかない理由が消えたら、大喜びで飛び出していくのか。それとも。

「――失礼いたします」

二度のノックの後、開かれた扉の向こうにはルドルフが立っていた。この部屋は施錠されていない。ただし廊下には常に警護の者が控えている。人の出入りは厳しく制限されていた。

レオリウスの身の安全を守るため――という建前の、実質監視である。

「後ほどレオリウス様に眼を通していただきたい書類を持って参りました。こちらに置かせていただきます」

事務的に用件を告げ扉を閉じると、彼は即座にユスティネの前で膝をついた。

「ご不自由はありませんでしょうか」

「だ、大丈夫です。ルドルフ様にはよくしていただいておりますし……」

「何度も申し上げましたが、『様』などおやめください。この部屋の中での会話が、外に漏れることはありません。どうぞ楽になさってくださいませ」

レオリウス以外の人目がない場所では、ルドルフはユスティネに礼を尽くしてくれる。『乙女』として未来の王妃になるのだと思われているためだ。

その覚悟がないユスティネは、いつもどう対応していいのか分からず困惑した。

「……私は……ただの下働きの娘です」

「懐かしい……先代の王妃様も初めの頃はよくそうおっしゃられていました」

「レオリウス様のお母様が……？」

「はい。あの方も元は宮殿内の洗濯場で働いていたのです」

では早い段階で王妃としての教育を受けたわけでも、生まれが良かったわけでもないのか。

「あの、でも……次期国王になる王子様が生まれた時点で、伴侶になる『乙女』は探し出されるはずなのでは……？　それなのに、下働きをしていたのですか？」

「よくご存じですね。はい、通常は王子が生まれればすぐ国中を探します。ですが先代の国王様と王妃様は年が離れていらっしゃいましたし、巫女がようやく見つけた際に国王様自ら『彼女がしばらく自由な時間を過ごせるよう配慮してほしい』とおっしゃったのです。生まれて間もなく親元から引き離され、将来を決められるのは可哀想だからと……とても慈愛に満ちたお方でした」

つまりレオリウスの父は息子と同じように、なかなか『乙女』を見つけられなかったということになる。アルバルトリア国では、王太子として相応しくないという意見が囁かれても不思議はなかった。むしろかなり批判的なことを言う者もいたのではないか。

――ああ……そういう事情もあって、先々代の国王様はもう一人後継者を望み、グラオザレ様をもうけたのね……

その愚かな選択により、国を揺るがす悲劇を招くとも知らず。根底には愛があったはずなのに。

「先代の国王様は、とても優しい方だったのですね……」

「ええ。レオリウス様はよく似ていらっしゃいます。容姿も、心映えも……」

素直に同意することはできず、ユスティネは曖昧に微笑んだ。

自分も、彼を素晴らしい人だと信じていた。レオリウスこそ君主に相応しいとすら感じていたのだ。今でも支配者としてなら、そう思う。けれどどうしても無理やり奪われたことが忘れられない。『優しい』という評価には頷けず、己の見ていたものがどこまで真実なのか、すっかり分からなくなっていた。

彼に対する思いは一日のうちでもクルクル変わり、捉えどころがなさすぎる。

「ユスティネ様、どうか殿下をよろしくお願いいたします。あの方はユスティネ様をとても大事に想っていらっしゃいますから」

「……レオリウス様が？」

「はい。見ていれば分かります。殿下の眼は常にユスティネ様を追っていらっしゃる。やはり王になるべき方にとって『乙女』様とは特別な存在なのですね」

確かに特別なのかもしれない。しかしそれはユスティネだからではなく、価値のある『乙女』だとレオリウスが思い込んでいるからだ。ようは条件さえ合えば誰でもいい。代えのきく道具でしかない。

「あの……それよりも、ルドルフ様は私に何か用があったのですか？」

強引に話を逸らすため、ユスティネはルドルフに立ちあがることを促した。それに、父よりずっと年上の男性をいつまでも跪かせておくのは心苦しい。

「はい、レオリウス様より伝言を賜っております。少し時間が作れそうなので、一緒にお茶の時間を過ごしたいとのことです」

「え……」

宮殿に戻って以来、彼は多忙を極めている。

一応は王太子として迎え入れられた身。やるべきことは沢山あるし、その他にも色々と陰で動いているらしい。だからユスティネとはお茶どころか食事もほとんど共にとっていなかった。

「何故急に……」

「ユスティネ様も慣れない場所で、レオリウス様のお世話をほぼ一人で担うことになり、お疲れでしょう。労いたいのだと思います」

だったら一人で過ごしたいと言いかけ、呑みこんだのはルドルフの眼があるからだ。

微かに高鳴った胸の音は気がつかないふりをする。別に自分がレオリウスに会いたいわけではないと、ユスティネは奥歯を噛み締めた。

「ユスティネ様？」

「な、何でもありません。分かりました。どちらに伺えばいいですか？」

「ご案内します。先代の国王様が造られた『王妃の庭』にてレオリウス様はお待ちしております」

勝手に出歩くことを許されていないユスティネが宮殿内を歩くのは、ここに連れてこられて以来初めてだった。

ルドルフの後ろに続きながら、このひと月で更に内部の荒廃が進んだのが、あちらこちらに見て取れる。以前は行き届いていた掃除もままならないのか、汚れた場所が見受けられた。ひょっとしたら人手が足りていないのかもしれない。

「――王族方の眼に触れない場所は、どうしても後回しになってしまうものですから」

磨きの甘い床に向けられていたユスティネの視線に気がついたのか、ルドルフが嘆息交じりに告げる。体裁を整えるので精一杯なのかもしれない。

この国は確実に傾いている。もうあまり時間はない。万が一他国に攻め込まれれば、あっという間に陥落してしまうだろう。そしてその危機はきっとユスティネが考えているよりも間近に迫っていた。

レオリウスが焦るのも当然だ。国を憂えればこそ、他の何を犠牲にしても突き進もうとするだろう。

――だからと言って、私に何ができるの……

同情はしている。けれどそこから先に心が進まない。進めたくなかった。

これ以上深く考えれば、自分にとって不愉快な答えを導き出してしまう。そんな予感がするからこそ、向かい合う勇気がない。

ユスティネが鬱々と考えている間に、いつしか別棟を抜け、まだ一度も立ち入ったことのない小さな庭に案内された。そこは背の高い生垣に囲まれ、外からは見えない造りになっている。建物内部からも見下ろせない、秘密の場所のようだった。

ぽかりと空間が開いた中央に、椅子とテーブルが置いてある。傍らに立つレオリウスが両手を広げた。

「ようこそ、ユスティネ。ここは父上が母のために造らせた庭だ。随分荒れていたから、直すのに時間がかかってしまった」

明るい日差しの下で、彼に会ったのは久しぶりな気がする。だからなのか、淡く笑んだ彼に促され、ユスティネは用意された椅子へ素直に腰かけた。

「今日は天気がいいから、外で休憩するのも悪くない。それに、復元したこの庭を君に見せたかった」

王妃の庭として造られたにしては、だいぶ質素なここは、可憐な花が沢山咲いていた。どれも野山に自生するものばかりだ。改良され、庭師が丹精込めて育て上げる品種ではない。できるだけ自然を模しているのか彫刻や四阿《あずまや》もなく、下手をすると貧相にも見えかねない庭だった。けれど。

「……可愛らしくて、落ち着きます」

「よかった。母の実家を再現しているらしい。ユスティネに気に入ってもらえたなら、僕も嬉しい。昔はここで親子三人過ごしたこともある」

思い出を噛み締めているのか、レオリウスは遠い眼をした。その柔らかな表情に、ユスティネの胸が痛む。彼は非情な支配者などではなく、自分と同じ孤独を抱えた人間だと突きつけられた気分だった。

「――私は使用人ということになっているのに、こんなところを見られたら大変ではありませんか」

「問題ない。この離宮は打ち捨てられたも同然の場所だ。――僕が王宮を離れて以来、母も足を運ぶことはなかったそうだから」

そう言われ、何と答えるのが正解だったのか、ユスティネには判断できなかった。仕方なく口を閉ざすことしかできない。

黙り込んだユスティネの前には、お茶と菓子が準備された。給仕してくれたのはルドルフだ。

「あ……私が」

「いいえ、どうぞユスティネ様はごゆっくりなさってください。私はしばらく離れて控えさせていただきます」

微笑んだルドルフは言葉通り去ってしまい、少なくとも見える範囲内からはいなくなった。残されたのはどこか気まずいユスティネと落ち着き払ったレオリウス。

会話は続かず、沈黙が横たわった。

——忙しい身なのだから、せっかくの休憩時間くらいゆっくりお休みになればいいのに……仮眠をとるとか……

自分と過ごしても、心も身体も休まらないだろう。こんなに全身で拒絶を示す女といても、楽しいことなどひとつもないに決まっていた。だが。

「……やっぱり、ユスティネが傍にいてくれるだけで、活力が生まれてくる。君は逆に疲弊するから、僕が吸い取ってしまっているのかな」

「……え」

てっきり重苦しい空気に彼もうんざりしていると思ったのに、想定していなかったことを言われ、瞬間ユスティネの頭が真っ白になった。

「……嫌なことばかり強いておいて、言う台詞ではないな」

自嘲を漏らしたレオリウスをつい見返してしまう。向かいに座る彼は、じっとこちらに視線を据えていた。

「——謝ってすむ問題ではないし、その権利も僕にはない。でも卑怯にも僕は君に許しを乞いたいらしい」

「それは……己の所業を後悔している、ということでしょうか」

腿の上で両拳を握り締めたせいで、スカートに皺が寄った。ユスティネは喉の渇きを覚えたが、テーブルに置かれたティーカップに手を伸ばす気になれず、唾を飲み込む。

「後悔はしていない。仮に過去へ戻ったとしても、僕は同じことを繰り返すだろう。何度でも君を傷つけ、我欲のために利用する。――――他に生きている意味を見いだせない」

冷たく言い切る言葉に本当ならユスティネは絶望を深めたはずだ。だが不思議とあまり衝撃を受けていなかった。それよりも苦しげに視線を逸らしたレオリウスから眼が離せない。彼の態度も声も、『悔やんでいる』と叫んでいるのも同然だったからだ。

――ああ……やっぱりこの人は泣くことは勿論、立ち止まることさえ許されなかったんだ……

自分だけではなく沢山の人たちの思いを背負い、生き残る方が辛くても死を選べなかった。己の感情を殺して『いつか』のために邁進するうち、少しずつ心が削られていったのではないか。

本当の彼はきちんと謝罪できる人だと知っている。下働きの娘にだって真摯に頭を下げ、人として扱ってくれる人だ。けれどこの件に関してだけは、様々な理由でユスティネに許しを乞えないらしい。

――雁字搦《がんじがら》めに戒められたのは私だけだと思っていた……でも、同じ鎖でレオリウス様も動けなくなっている……

自分はどうしたいのか。

何度も自問しては答えが出なかった疑問。その回答が得られたとはまだ言い切れない。それでも、テーブルにのせられた彼の手にユスティネは自らの手を重ねていた。

「……レオリウス様は残酷な方ですね。私を苦しめることばかりして……」

「――それでも、君を手放せない」

「私を利用すると言いながら、実際にしていることは中途半端です。私には難しいことは分かりませんが、使用人などと偽らず本当のことを公表すれば、もっと簡単に盤石な地位を築けるのではありませんか？」

「ユスティネに心の準備をする間も与えなかったのに、この上重荷を背負わせたくない。僕は君に王妃としての重責を担ってほしいと望まない。――傍にいてくれるだけでいいんだ。君の一生を縛る僕がユスティネにあげられる自由は、少ないから。……せめて今は君を余計な危険に晒したくない」

道具だと言った同じ口から紡がれたのは、愛情だと勘違いしてしまいそうなほど労りに満ちた言葉だった。

優しすぎる思いやりに眩暈がする。高鳴るユスティネの胸が、痛いほど締めつけられた。

「私を守るためだと言いたいのですか……？」

「そんな恩着せがましいことを言えるはずがない。これは僕の自己満足だ。ユスティネから全て奪う代わりに、安全で穏やかな生活を保障したい」

「安全も、穏やかさも貴方が壊したのに……？」

今のユスティネに残っているものは何もない。あるとすればそれは、重ねた手の温もりくらいだった。

碧い瞳に引き寄せられ、近づいてくる唇を避ける気になれない。眼を閉じたユスティネは触れるだけの口づけを受け入れた。

「……ユスティネ、僕を甘やかさない方がいい。そうしないと僕はどこまでもつけあがるし、君の優しさを利用するよ」

「酷い人です、レオリウス様は……」

「だから憎んでくれ。殺したいほど恨んで、僕のことだけ考えてほしい。どんな理由であっても、君の全部を捕えていたい」

ほんの少し言い方を変えれば、熱烈な愛の告白だ。心も身体も搦め取ろうとする、愛の言葉。溺れるほどの執着に、ユスティネの眦から涙がこぼれた。

「だったら、言ってあげます。私は、貴方が嫌いです。これ以上私を惑わせないでください……っ」

いっそ素直に憎ませてほしい。そうすれば、多少は楽になれる。気まぐれに見せられる優しさなどいらない。余計辛さが募るだけだ。

「――それでいい。純真な君が心を黒く染める相手は、僕だけだ」

立ちあがった彼に抱き寄せられ、ユスティネは大きな胸に包まれた。

聖職者の服を纏っていたかつてのレオリウスとは違う。今の彼は王太子だ。何もかもが変わったのだと改めて思う。もうユスティネが尊敬し、仄かな思いを寄せていた彼はどこにもいない。

頭ではちゃんと分かっていた。

それなのに抱きしめてくる腕の強さは同じ。匂いも、感触も全てが以前のままだった。髪を撫でてくれる指先さえ思い出通りで、涙が止まらない。

頬を濡らす滴を舐め取られ、ユスティネはレオリウスを見つめた。

──貴方が私に望むのは、傍にいることと憎まれることだけなのね……だったら。

「……一生、許しません」

「是非そうしてほしい」

再度交わされた口づけは、深く激しい。舌を絡ませ合い、互いの口内を貪る。唾液を啜り、飲み下せない分が口の端から溢れ落ちた。

愛の言葉はひとつもなく、罵り合っただけ。いや、一方的にユスティネが彼を責めたにすぎない。

しかし二人はまるで求め合うように貪欲なキスに耽った。それだけでは足らず、椅子に座り直したレオリウスの膝の上にユスティネは抱き上げられた。

それも大きく脚を開き、彼の身体を挟んで跨るように。下肢はスカート部分に覆われ隠されていても、あまりにもはしたない。ユスティネは慌てて立ちあがろうとしたが、背筋を撫でおろされる心地よさに、反応が遅れた。

「どうせ引き返せないのに、僕は愚かだ。いまさら君を遠ざけたところで、償えるわけでも何でもないのに、我慢する方が馬鹿馬鹿しい」

「それはどういう意味ですか……？」

こちらの質問に答える気はないのか、彼は唇を歪めるだけに留めた。それでもほんの一瞬、かつて焦がれた碧い双眸に、あの頃の澄んだ色が掠めた気がする。瞬きの間に消えてしまった光を求め、ユスティネはレオリウスの頬へ触れた。

「……君にもうひとつだけ、頼みごとをしてもいいだろうか。どうか僕をそんな眼で見ないでほしい。今日だけでも……」

大きな掌に両眼を塞がれ、ユスティネの視界は閉ざされた。それだけではなく、髪を束ねていたリボンを解かれ、瞳を覆うように結ばれる。薄い布一枚では全てを遮断することは叶わない。か細い光が知覚できるが、レオリウスの希望通りに彼の姿は捉えられなくなった。

「……十五年もの祈りの日々は、僕にとって何の救いにもならなかった。現にこうして欲塗れのまま、君を傷つけても平然としていられる」

だったらどうして、ユスティネの服を乱してゆく手が震えているのか。

胸元のボタンを外す指先も、腰を抱く腕も、スカートをたくし上げる仕草さえ、逡巡が感じられた。平気だと嘯くには無理がある。

「……っ？」

滾る吐息が首筋を舐め、ユスティネの身体から力が抜ける。

ここが屋外だとか、心が伴わない行為などしたくないとか、そんな思いはどこか遠くへ追いやられた。視界が閉ざされ、聴覚と触覚が鋭敏になっているせいかもしれない。普段眼に見えるものではなく、苦しげに吐き出される息や躊躇う手先に、求める答えがあるようで拒めなかった。

「レオリウス様……」

「ユスティネ……」

胸が露出するほど肩口をはだけられ、ユスティネの背中を彼の掌が這い回った。おそらく花の形をした痣を撫でているのだろう。

こんなものさえなければと恨めしくなり、これがなければ今も自分たちはただの世話係と主の関係だったと思い直す。それを歓迎しているのかどうかは、重ねた唇の甘さのせいで曖昧に溶けていった。

太腿を直に撫でられ、ユスティネの肌が粟立ち、久しぶりの刺激に全身が歓喜する。ふるりと肩を震わせると、レオリウスの服に擦れた胸の頂から、もどかしい愉悦が広がった。

「……ぁっ……」

「どこもかしこも君は敏感だね。まさか誰に触られても、こんなふうに反応してしまうのか？」

「ち、違……っ」

「違うの？　だったら、僕が特別？　他の男にユスティネのいやらしい声を聞かせたり、感じている可愛い顔を見せたりしたことはない？」

あるわけがない。そんな機会がなかったことは、誰よりも彼が知っているだろう。

何もかもユスティネの初めてはレオリウスが奪っていった。

異性と手を繋いだのも、抱きしめられたのも、キスも肌を重ねることも全部。――誰かを慕う心も。

そして籠の鳥に貶めたくせに、嫉妬しているのかと誤解するような言い方はやめてほしい。あさましく期待して、また傷つくのは嫌だった。

「男性が皆、レオリウス様のように酷い方ばかりなら、好きになれるはずがないじゃありませんか……っ」

「本当に？　だったらなおさら、僕は君を傷つけなくちゃ……そうすれば、ユスティネは誰のことも選べない」

下着の中に侵入した彼の手に尻を揉まれ、爪先が丸まった。ユスティネの目尻からこぼれた滴が、リボンに吸われる。

今、目隠しをされていてよかったのか嫌なのか、自分でも判然としない。

レオリウスの冷酷な顔を見ないですみ、淫らな己の姿を直視されない安堵。屋外で次に何をされるか分からない不安と羞恥。全てがごちゃ混ぜになり、ユスティネを惑わせる。

「ん……ぁ、あ」

喘いだ拍子に彼の首筋に顔を埋め、吸い込んだ香りに酩酊した。

いつも神殿内に漂っていた黴臭さや香油の香りとは違う。それでもレオリウスの匂いに間違いない。僅かにホッとしたのは、見知らぬ場所でそれだけが懐かしかったからだ。

体勢を崩して転がり落ちないためだと言い訳し、手探りで彼の背に両手を回して、縋りつく。

解かれたユスティネの髪を梳くレオリウスの手つきは、不釣り合いなほど繊細だった。

「ユスティネ……腰を上げて」

促され素直に従った理由を、今は考えたくない。後ろから股座に潜り込んできた彼の指に花弁をなぞられ、ユスティネは濡れた吐息をこぼした。

「……こんなに蜜を溢れさせて、僕が欲しかったのか？」

「や……っ」

言葉で辱めても、レオリウスは返答を期待したわけではないらしい。ユスティネが何か言い返すより早く、彼の指先が泥濘《でいねい》に沈められた。

男の指がじっくりと淫路を味わう如く、浅瀬を往復する。

ひと月の間忘れていた喜悦が、たちまちユスティネの全身を駆け巡った。

「……ぁあっ」

「君のここは、吸い付いてくるみたいだ」

自分でも、蜜口がきゅうきゅうと収縮しているのが分かる。レオリウスの指をしゃぶり、涎を垂らしてもっととねだった。

甘い刺激に頭が霞がかり、ユスティネはつい身体を前後に揺らしてしまう。暴かれた貪欲な女の本能は、この程度では満足できなくなっていた。

「んぅっ……、ぁ、駄目……っ」

「駄目？　ここは悦んでいるのに？　ああそれとも、僕を焦らして楽しんでいる？」

「や、ぁあっ」

突然指の本数を増やされて、肉洞が押し広げられた。先ほどより深く挿入され、激しく掻き回される。気持ちがいい。卑猥な水音が奏でられ、ユスティネの淫悦が高められる。

だが剝き出しの肩や太腿を撫る風の動きに、なけなしの理性が呼び戻された。

「待って……待ってください。誰かに見られたら……っ」

「ここには誰も来ない。さっきも言ったけれど、打ち捨てられた離宮だし、グラオザレも興味を持っていない。ルドルフが上手く人払いしている」

「でも……っ」

「先に誘ってきたのは、ユスティネの方だ」

確かに思わせぶりに手を握ったのはこちらから。あの時、自分が何を求め、意図していたのか説明は難しかった。だから『誘っていない』と言い切れず、口籠ったのは仕方ない。

「……んん……ッ」

自由気ままに動く手に翻弄され、秘裂からはとめどなく蜜が溢れ出た。きっと今頃ユスティネの服もレオリウスの服にも淫らな染みが広がっているだろう。これでは恥ずかしくて誰にも会えない。それなのに、どうしても『やめて』という一言は出てこなかった。

「……っ、ぁあ……」

「熱くてトロトロに蕩けている……っ、ああユスティネ、僕のものだ……っ」

「ぁっ、あッ」

身体を持ち上げられ、下ろされた先は彼の楔の上だった。

この体位で繋がるのは初めてではない。それでも視覚が閉ざされた分、生々しくレオリウスの形が感じ取れた。

腹の中を支配する熱い剛直。張り出した先端も、くびれた部分も、逞しい幹も、そこに浮かぶ禍々しい血管の造形も全て、ユスティネは熟れた粘膜で味わった。

「……ふ、ぁ、あ……っ」

「……ぁあ……僕の方が溶かされそうだ……っ」

動かなくても、繋がっただけで意識が飛びかけた。蜜路いっぱいに頬張った彼の屹立は、これまで以上に張り詰めている。大きな質量に串刺しにされ、少し苦しい。しかしそれを上回る快楽がユスティネを襲った。

「や……っ、駄目……っ、変になっちゃう……！」

話す振動が響き、不随意に下腹が波立つ。レオリウスの肉槍を扱き精を乞うために、淫猥な動きで男を煽った。

「は……っ、慌てなくても、全部君の中に注いであげる」

「やぁあ……っ」

そんなことを望んでいないと叫びかけ、上手く言葉にならなかった。

ユスティネの心とは裏腹に、ふしだらな身体は全力で彼の子種を求めている。中に白濁を放たれる快楽を覚え込まされ、あの背徳的な熱に胎内を焼かれたがっていた。その瞬間だけは、愛されているのかもしれないと刹那の夢を見られるから。

中途半端に服を身に着けたまま、肢体を揺らす。落ちる恐怖から激しく動けず、レオリウスの律動に合わせ、ユスティネは快楽を貪った。

下から突き上げられれば自らの身体を落とし込み、より深く穿たれる。切っ先が抉る場所を調整して前後に動き、一番感じる場所に彼の楔を誘導した。

「……すっかりいやらしくなって……これでは妙な薬など不要だし、とても別の男の手には負えないな。――僕だけのユスティネだ」

「やぁあ……ッ」

ぐぷっと空気の混じった淫音に鼓膜を叩かれ、あまりの卑猥さにクラクラした。

片手で尻を鷲摑みにされ、もう片方の手で揺れる乳房を捏ね回されると、快楽の水位がたちまち上がる。その上、赤く主張する胸の飾りを舐められては、もう我慢することなど不可能だった。

「ひ、ぁああッ」

布に染み込み切れなかった涙が頬を伝う。ひりつく愉悦が、ユスティネにレオリウスの背中へ爪を立てさせた。

「も……っ、イッちゃ……っ」

「いくらでも」

「ひぃ、ぁ、ああ……っ」

ユスティネの靴の中で爪先が丸まり、四肢が数度痙攣した。体内に収められた硬いものを締めつけ、吐精を促す。ビクビクと跳ねた身体は、彼に抱き竦められたおかげで倒れこむことは免れた。

「……ぁあ……」

腹の内側にぶちまけられた熱液を、自分の身体が大喜びで飲み下してゆく。最後の一滴まで搾り取ろうと隘路が蠕動した。

「……っぅ」

その動きはレオリウスにとっても心地いいのか、彼が官能的な呻きを漏らす。濃密な呼気に耳朶を炙られ、ユスティネはもう一度快楽に身を震わせた。

――目隠しなんてなければいいのに……

そうすれば自分の身体で感じてくれたレオリウスを存分に眺められる。きっと頬は赤らみ、眼は潤んでいるだろう。冷たく凍りついていた眼差しも、火傷しそうなほど滾っているはずだ。

眼に焼き付けたいと思う。彼を自分のものにできた錯覚を得られる嗜虐的な誘惑に、ユスティネはゾクゾクした。

――レオリウス様は今、どんな顔で私を見ているの……？

以前のような優しい眼差しか。それとも獲物を狙う獣の瞳か。そのどちらでもなく、『特別』な女を見るものだったら。

だが自らリボンを解く勇気はなく、疲れ切ったふりをしてユスティネはレオリウスに寄りかかった。偶然を装い汗の滲んだ彼の首筋に唇を掠めさせるのが精一杯。言いたい言葉はひとつも音にならなかった。

「……っ」

声にならないレオリウスの掠れた吐息が艶めかしい。拙い媚態に彼の楔が首を擡《もた》げる。

蜜窟の中で感じる変化に、ユスティネは小さく喉を鳴らした。

だが残念ながら時間切れだ。互いに呼吸が整い落ち着くまでじっと身を寄せ合い、眼元の布が解かれるとユスティネは眩しさに忙しく瞬いた。

「――ずっとこうしていたいけれど、そろそろ休憩は終わりだ」

「……このままでは、とても部屋まで戻れません」

甘えを帯びた声になったのは、たぶん気のせい。離れがたかったわけではない。

いくら乱れた服や髪を直しても、上気した頬や皺くちゃになり淫猥な染みができてしまった格好で出歩く勇気は、ユスティネになかった。

この王妃の庭から与えられている居室まではかなりの距離がある。途中、誰かに目撃されないとも限らない。何より、ルドルフにこの状態を見られるのかと思うと、気が遠くなりそうだ。

「そ、それにエプロンである程度隠せる私はまだしも、レオリウス様はどうにもなりませんよね？」

彼の腿辺りをしとどに濡らしているものの正体が、自身の吐き出した蜜だと思うと、本当にいたたまれない。ユスティネにとってはそちらの方が自分の有様よりよほど大問題だった。

「僕の心配をしてくれているのか？」

「そうではありません……っ、とにかく着替えないと……」

「だとしても、誰か人を呼ばないことには解決しないな」

どちらにしてもルドルフの眼に晒されるのは避けられそうもない。泣きたい気分でユスティネが視線をさまよわせると、苦笑したレオリウスに手を引かれた。

「仕方ない。ではこっちへ」

連れて行かれたのは、生垣の向こうに造られた噴水。補修した痕跡がある石像からは、清らかな水が流れ出していた。

「これも直しておいてよかった。ユスティネに余計な苦痛を味わわせないですむ」

「あの、レオリウス様……？」

まさか今ここで洗濯するつもりだろうか。ユスティネが戸惑っていると、彼は躊躇いもなく噴水の中に足を踏み入れ、頭から水を浴びだした。

「え……っ」

「少し冷たいから、ユスティネには勧めないよ。君はそのままでも大丈夫、何も気づかれやしない。僕は浮かれて噴水に落ちたことにすればいい」

「か、風邪を引いてしまいますっ、早くこちらに……！」

考えてみれば、貴族や王族は身の回りの世話を下々の者にさせるのが当たり前なのだ。それこそ着替えから入浴の手伝いまで。中には排泄だって使用人の手を借りる者までいる。大抵のことを自分でこなそうとするレオリウスが特殊なのであって、上流階級の人間であれば階層が下の者に何を目撃されたところで痛くも痒くもないだろう。

使用人など壁や床、道具と同じなのだから。

いくら人生の大半を神殿で一聖職者として過ごしたとしても、彼はもともと生粋の王族だ。他者の眼に晒されることには慣れている。だとすると、わざわざ水を浴びて情事の痕跡を洗い流そうとするのは、ユスティネのために他ならなかった。

――私が恥ずかしがったから……？

痛みを伴い、胸が疼く。

ごく自然にこちらの気持ちに寄り添ってくれるレオリウスは、本当に以前の彼と別人なのか。

優しくされたいのもされたくないのもユスティネの本心だから、厄介だった。

ユスティネは身に着けていたエプロンを脱ぐと、噴水から上がったレオリウスを拭う。

銀髪から滴る水が冷たく夢中で拭いていると、されるがままだった彼が小さく笑った。

「……昔、母上にこうされたことを思い出した。随分小さな頃だったから、すっかり忘れていたな。ああそう言えば、あの時もこの噴水の縁で遊んでいて、転がり落ちたのだっけ。

――懐かしいな」

思い出を噛み締めるレオリウスの様子に、ユスティネの手が止まる。すると彼は澄んだ碧の瞳を柔らかく細めた。

「ありがとう。君のおかげで、なくしたと思っていた記憶をひとつ、取り戻せた」

「……っ」

そんな無防備な顔をしないでほしい。つい、抱きしめたくなってしまうから。

湧きあがった衝動を堪えるため、ユスティネは瞳の奥に力を込めた。理性を掻き集め、レオリウスの髪を拭う手を動かすことに集中する。

けれどもう、ごまかせなかった。

――私、やっぱりこの方が好きなんだ……

どれだけ酷いことをされても。心は求められていなくても。

何度も己の本心を見て見ぬふりをし、眼も耳も塞いで否定し続けたが、駄目だった。この胸に芽吹いていた種は枯れることなく、着々と育っていたらしい。

ユスティネ自身が気づく前に、日陰でひっそり咲いていた。一度そのことに気がついてしまえば、濃厚な香りを無視することはできない。

誰に対しても平等で、強引なくせに優しくて、残酷なのに非情になり切れない。複雑な彼を愛している。だからこそ、ずっと苦しかった。いっそ恨み抜ければ楽なのに、どうしても恋情に引っ張られてしまっていたから。

「――すまない。結局、君も濡れてしまったね」

「……気にしないでください」

びしょ濡れになったエプロンを握り締め、ユスティネは俯くことしかできなかった。認めざるを得ない本心とようやく向き合い、混乱している。

レオリウスが『とんだ茶会になってしまったが、戻ったらすぐ着替えるように。君が風邪を引いたら大変だ』と言ったことも、ルドルフに案内され部屋に戻った後も動揺が治まらず、どこか現実感がなかった。

頭がぐちゃぐちゃで落ち着かない。ルドルフに何か言われた気もするが、右から左に通過しただけ。

そんな心ここにあらずの状態を心配したのか、着替えもせず室内で座り込んでいたユスティネのもとへ、一人の使用人がやって来た。

「――ルドルフ様の命令で、着替えを手伝いに来たわ」

「えっ？　わ、私の……？」

笑顔もなく頷いたのは二十代後半の目鼻立ちがはっきりした女だった。紺にも見える艶のある黒髪が印象的な、美人の部類だ。その女性が如何にも不本意だと言わんばかりに溜め息を吐いた。

普通に考えれば、同じ使用人の着替えに手伝いなどいらない。しかし案じられてしまうほど、ユスティネの様子はおかしかったのだろう。事実、服が汚れた上に濡れたままぼんやりしていたのだから。

「だ、大丈夫です」

「いいえ。きっと着替えずそのままでいると聞かされた通りじゃない。ちっとも大丈夫ではないわ。早くこちらに着替えてちょうだい。まったく、私だって忙しいのに……貴女、随分特別扱いされているのね？　噂では王太子様が直々に連れて来た使用人らしいけど……本当なの？」

ぽっと出の女に『王族の身の回りの世話』という、ある意味下働きの者にとって花形の仕事を奪われ、面白くないらしい。

彼女は棘のある言い方でユスティネを恨めしげに見た。

「どうせお手付きとか、そういうことよね。ねぇ、どうやって取り入ったのよ？」

「そ、そんな……」

どうもこうもない。そんなことはユスティネの方が知りたかった。返せる答えがなく困り果てたユスティネに苛立ったのか、彼女はいっそう不満げな顔をする。

「何よ、秘密ってわけ？　感じの悪い女……私だって叶うなら一日も早くこんな仕事辞めて、贅沢をさせてくれる男を捕まえたいのに……アルバルトリア国の情勢は悪くなる一方よ。今のうちに逃げ出すか財力のある男に取り入るのが正解よね。いくら王太子様が戻られて多少は希望が持てても、劇的によくなることはあり得ないもの」

あけすけな物言いに、つい唖然としてしまった。しかしこれが一般的な本音なのかもしれない。

今安穏としているのは、グラオザレに取り入って生き延びた一部の権力者だけだ。他は皆、将来に希望を見出すことが難しい。

信仰心が篤いというのも、裏を返せばそれだけ現実に救いがないからだとも言えた。

レオリウスが王宮に戻り、これまでグラオザレがおざなりにしてきた医療や困窮した地方への支援、教育に尽力しても、どれもすぐに効果が現れる類の政策ではない。未だ国中に暗澹《あんたん》とした空気が漂っているのだ。

既得権益を貪ってきた貴族たちからの反発も大きい。一般庶民からすれば、変化を感じられるまでには到底至っていないのだろう。

「とにかくほら、とっとと脱いで」

「きゃ……っ」

半ば強引に服を脱がされ、ユスティネは慌てて後ろを向いた。胸元には、レオリウスがつけた痕が沢山残されていたからだ。

「あの、本当に……何なら他にもレオリウス様付きの使用人はいますから、シエラに頼みます……！」

「ああ、あの愛想のない子供？　彼女なら別の用事を言いつけられてルドルフ様のお使いに出たわ」

ではしばらく戻らないだろう。しかしユスティネとしても、初対面の相手に情事の痕が残る身体を見られたくない。故に必死で抵抗した。

「ったく、モタモタしないでよ……あら？　貴女、随分変わった痣が背中にあるのね」

普段なら服や髪で覆われていて、絶対に人目に触れない痣。

それが今、色々動揺していたせいもあってユスティネは隠すことを忘れていた。しかもレオリウスに解かれた髪は結い直しており、背中は剥き出しになっている。

白い肌に浮き上がる赤い花弁は、さぞや目立ったことだろう。

「あ……っ」

「へぇ、面白い。鮮やかな色ねぇ。形も花っぽいし、まるでわざと描いたみたい」

「あ、あの……っ」

誰にも見せてはいけないと、母は何度もユスティネに言い聞かせた。だからこれまで女同士であっても、常に気をつけて着替えや入浴をしていたのに、つい気が緩んだとしか思えない。

ユスティネは急いで服を羽織り、肌を隠した。

「も、もう大丈夫です。手伝いは必要ありません……っ」

「あら、何よ。珍しいからもっと見せてくれてもいいのに……せっかく手伝ってあげたのに、本当に嫌な感じ！　後は自分でやってよね」

すっかり憤慨した女は、汚れた服をそのままにして部屋を出て行ってしまった。

残されたユスティネは動揺がなかなか治まらない。

――私の背中に痣があることを知られたとしても、問題ない……わよね？

レオリウスは『乙女』の証について詳しく知っているのはごく一部の人間だと言っていた。おそらくルドルフもユスティネの身体にある痣が証明だとは知らなかったのだろう。だからこそ気を利かせて別の使用人に着替えを手伝うよう命じたのだ。

――でも、どうして？　何故か嫌な予感がする……

他人の身体に少々変わった形と色の痣があったところで、普通は仲間内でちょっと話題にされて終わりだろう。それ以上何が起こると言うのか。仮に自分が聞かされても『ふぅん』程度の反応をしてすぐに忘れる。

気にする必要はない。そう自分に言い聞かせても、ユスティネの胸には嫌な焦燥感が広がっていた。

「――失礼いたします。ただいま戻りました」

あれこれ思い悩んでいるユスティネの沈黙を破り、礼儀正しく頭を下げ部屋に入ってきたのは、シエラだった。いつもなら無駄口を叩かない彼女は、ユスティネの服が変わっていることに目敏く気がつき、表情を強張らせる。

「……何かありましたか？」

警戒心も露に室内に視線を走らせる様は、眼光が鋭くとても年若い少女とは思えない。あまりにも刺々しい空気を放つので、ユスティネの方が少々戸惑った。

「あ、いいえ。大したことではないの。ちょっと服が汚れて……着替えただけよ」

「でしたら、私を呼んでくだされればいいのに」

「え？　どうしてシエラを？　服を替えるのに、手伝いなんていらないわ。……ルドルフ様も大袈裟よね、私はひとりで大丈夫なのに」

ユスティネの物言いと、らしくなく脱ぎ散らかされたままの服から察するものがあったらしい。勘のいい彼女は眉間の皺をより深めた。

「誰かこの部屋に入ったのですか？」

「ええ。使用人の女性が、ルドルフ様の命で来てくれたわ。私の格好が余りにも酷かったから、心配してくださったみたい」

手を煩わせてしまい、申し訳ない——そう続けようとしたユスティネは、真剣な面持ちのシエラに腕を摑まれ、驚きに肩を跳ねさせた。

「シ、シエラ……？」

「僭越ながら申し上げます。もっと警戒心を持ってください。その女は本当にルドルフ様からの使いですか？　何もおかしなことはされていませんよね？」

「え、ええ……ただ着替えを手伝ってくれただけよ……」

彼女の強い眼力に慄きつつ、実際余計なことは何もされていないので、ユスティネは頷いた。それに考えてみれば、シエラの言うこともっともだと思う。

レオリウスには敵が多い。ならば、世話係である自分も気を緩めている場合ではなかったのだ。それなのにすっかり、彼に『守られること』に慣れていた気がする。レオリウスの背中に庇われることが、いつしか当たり前になっていたかもしれない。

――あの方は、私に大変な面を見せてはくださらないけれど……

「ご、ごめんなさい……私が軽率だったわ。次からはきちんと確かめるわね。注意してくれてありがとう。シエラ」

このままではいけない。もっと自分がしっかりしなければ。そうでないとレオリウスの足手纏《あしでまと》いにしかならない。

素直にユスティネが謝罪すると、彼女は戸惑いに瞳を揺らした。

「……ご理解いただけたのなら、かまいません。こちらこそ、失礼いたしました」

残されたのは沈黙。それから拭い去れない嫌な予感だった。

数日後。

突然レオリウスが倒れたと聞き、ユスティネはルドルフに連れられ医務室へ駆け込んだ。

レオリウスは港の視察で朝から出かけており、その帰り道に体調を崩したらしい。

「レオリウス様！」

今朝起きた時には何もなかったのに。いつも通りぎこちなく挨拶し、必要最低限の言葉を交わしただけだが、急に倒れるほど顔色は悪くなかったと断言できる。朝食だって、残さず食べていた。それなのに何故。

ユスティネがベッドに横たわる彼へ縺れる足で駆け寄れば、レオリウスが薄ら眼を開いた。

「……君に連絡する必要はないと言ったのに」

「ルドルフ様は悪くありません。私が強引に聞き出したのです……！」

事前に聞いていた時間に彼が戻らず、何となく不安になったのだ。これまでにもレオリウスが刺客に襲われ、怪我をして帰ってくることや予定が大幅にずれることがあった。そのたびにどれだけ自分が心配していたか、きっと彼は知らない。

「どうしてこんなことに……どこか怪我をされたのですか……？」

「怪我ではない」

レオリウスの顔色は随分悪い。額には無数の汗が浮いていた。

今まさに片付けられた布は大量の鮮血に染まり、彼の袖口にも変色し始めた血の痕がある。それらを眼にして、ユスティネは震えあがった。

――怪我でないのなら、まさかレオリウス様が吐血したということ……？

あんなに沢山血を吐くなど、尋常なことではない。ユスティネは戦慄く膝を叱咤して、ベッドの脇に跪いた。

「まさかご病気でしょうか？」

声が掠れる。いくら冷静になろうとしても、ユスティネは全身の震えを抑えきれず、両手を組み合わせた。

万が一このまま症状が悪化したら――考え得る最悪の未来に視界が滲む。

レオリウスがこの世からいなくなるなど、絶対に嫌だ。

ユスティネが涙を堪えていると、彼が微かに右腕を動かし、それまで診察していた医師がルドルフと共に部屋を出ていった。どうやら人払いしたらしい。

「――病気ではない。ただの毒だ」

「毒……？　どうしてそんな……」

レオリウスは食事に充分注意を払っていたはずだ。口に入れるものには最大限気をつけていた。おかげでこれまで、大事になることなく危険を回避していたのに。

「……まさかあそこまで卑劣な真似をするとは……僕が甘かった――」

聞けば、港を視察した後、彼は孤児院に立ち寄ったらしい。そこで寄付された菓子を皆で食べ、馬車で王宮に戻る途中血を吐いて倒れたそうだ。

「……急に変更した予定だから、そこまで先回りされているとは予想外だったが……完全に僕の落ち度だ。――あの子たちにも可哀想なことをしてしまった……ルドルフに医師を派遣するよう命じたが……おそらく、もう……」

同じ菓子を口にしたなら、子供たちも犠牲になった可能性は高い。レオリウス一人を狙ったとすれば、あまりにも被害が大きすぎる。

無差別で残忍なやり口に、ユスティネは愕然とした。非道な真似をした人間が誰かなど、考えるまでもない。

「酷い……レオリウス様は……本当に大丈夫なのですか……っ？」

子供たちが被害に遭ったなら、可哀想だ。許されるなら今すぐ飛んで行って看病でも何でもしたい。けれど今の自分には無事を祈ることしかできない。それに、眼の前にいる彼の方が、ユスティネにとっては大事だった。

「——僕の身体は毒に耐性をつけてある。だが今回はやや量が多かったようだな。叔父上も本気になり始めたということか」

「何を悠長なことを……！」

毒など慣れるものではないだろう。微塵も焦っていないレオリウスの様子に、ユスティネは眦を吊り上げた。

「すぐ、安全な休める場所へ移動するべきです」

王宮内には残念ながらそんな場所はない。レオリウスの協力者はいても、圧倒的にグラオザレの支配力が強いからだ。

「どこへ？　もしもどこかへ逃げても、あの男は僕の息の根を止めようと躍起になるだろう。『乙女』を喪った今、叔父上の玉座を保証してくれる存在はいない。不安で仕方がないはずだ」

「そ、それならなおさら、身を隠すべきでは？」

「アルバルトリア国と国民を見捨てて？」

疲労を滲ませていた彼の瞳に強い光が過り、ユスティネはハッとした。

傾き続けるこの国だが、どうにかその速度が緩慢になりつつあるのは、彼が奔走しているからだ。今日の視察だって、密輸入で私腹を肥やす貴族を取り締まり、人々に正しい利益を還元させるためだった。

「……申し訳ありません。考えの浅い発言をしました……」

「いや。かまわない。むしろ……いや、何でもない」

濁された言葉の続きが気になり、ユスティネはレオリウスの顔を覗き込んだ。

「何ですか？　言いたいことがあれば、おっしゃってください」

彼は肝心なことを何も打ち明けてはくれない。おそらく、利用するだけの道具に知らせる必要はないと思っているからだ。

だからこそ、言いかけたことをやめられるのはとても嫌だった。

「私の無知さを叱責したいなら、それでも……」

「違う。そうではなくて――まるでユスティネが僕の身を案じてくれているようで、嬉しかっただけだ。……そんなはずはないのに、君には不愉快なだけだろう。勝手に勘違いされるなんて――」

切なげにこぼしたレオリウスは寝返りを打ち、こちらに背を向けた。

もうこの件について話すつもりはないとその背中が語っている。ユスティネにも何を言えばいいのか、分からなかった。

「――少し休みたい。一人にしてくれないか」

「……は、い……失礼いたします」

自分がここにいたところで、できることは何もない。立派な医師はいるし、看護する手は足りている。明らかに邪魔になるだけだろう。

肩を落としたユスティネは、追い出されるように医務室の外に出た。

――いらない、と言われてしまった……

今考えれば、額の汗を拭くくらいはできたはずなのに、その程度もせず狼狽えただけだから呆れられたのだ。王宮に来て以来『乙女』としても役立っているとは言えず、自分は何のためにここにいるのだろう。

――愛されないなら、せめて役に立ちたいのに……そんなことすら、求められていないなんて……

己の存在意義が揺らぎ、足元が崩れる感覚がした。

「――ユスティネ様、殿下でしたら大丈夫です。数日休めば、お元気になられるでしょう。あの方は、弱っているお姿をユスティネ様に見せたくはないのですよ」

周囲を見回したルドルフがそっと耳打ちしてくれたが、あまり励みにはならなかった。その言葉を素直に信じられる関係を、ユスティネとレオリウスは築けていない。そうであってほしいと願いつつ、思い込むには根拠が乏しいのだ。

「……そう、ですね。ありがとうございます」

それでも無理に微笑んで、ユスティネは自室に戻った。

「では、私はこれで失礼いたします」

部屋まで送ってくれたルドルフが深く頭を下げて退室し、室内にはユスティネだけが取り残された。静まり返った部屋の中、今日はいつも以上に物寂しさを感じる。憂鬱の溜め息を吐き、着替えようかと思った時——

「——ルドルフがあんな態度で接するとは、あながち馬鹿げた話ではなかったということか」

自分一人しかいないはずの部屋で、第三者の声が聞こえた。

それも、聞き覚えがあるざらついた男の声。

ユスティネの肌が一気に嫌悪で粟立ち、全身が強張った。

「国王……様」

どうしてここに。

レオリウスの容体を確認しに来たのなら、医務室かさもなければ彼の部屋に向かうだろう。間違って隣の使用人部屋に入ったなど考えられない。そもそも普通なら大勢引き連れているはずの護衛が、一人もいないことがおかしい。思い返せば、いつも扉の外に控えているはずの兵も見当たらなかった。

まるで人払いしたみたいではないか。

ユスティネの中で警鐘が打ち鳴らされる。

質素な使用人部屋の椅子にふんぞり返って座る男は、かなり異質だ。

派手な服が、まるでこの場に合っていない。醸し出す傲岸不遜な空気も、不協和音を奏でていた。

「少々面白いことを小耳に挟んでな。私自ら確認しに来てやったのだ。感謝するがいい」

グラオザレと対面したのは、これが二度目。

レオリウスが王宮に戻った時以来だ。あの日から一度もすれ違うことすらなかったのに、国王自らユスティネのもとに足を運ぶなど想定外すぎて、頭が真っ白になってしまった。

とはいえ、相手はこの国の君主だ。動揺しつつもユスティネは慌ててその場に膝をつき、最大限の敬意を払った。

「レ、レオリウス様でしたら、今は医務室にて治療中です」

「ああ、あれのことはどうでもいい。今回も失敗とは、本当に忌々しい小僧だ。あの毒の濃度ならくたばるかと思ったのに、害虫のようにしぶといな」

「え……？」

グラオザレが会いに来た相手は、てっきりレオリウス以外いないと思っていた。けれどどうでもいいと手を振られ、ユスティネは混乱する。いや、それよりも後に続いた発言に自分の耳を疑った。

――毒を飲ませたのは自分だと、認めたの……？　言い繕うこともなく……？

いくらこのアルバルトリア国で国王の権力が絶大だとしても、王太子殺害を目論んで御咎めなしになるわけがない。だからこそグラオザレはこれまで明確な証拠を残してこなかったはずだ。

レオリウスが何度も暗殺の危機に晒されながら、主犯を告発できなかったのは、グラオザレまで繋がる確たる証拠が摑めなかったから。末端をいくら罰しても意味はない。それなのに今、この男はあっさりと自白したのも同然だった。

「ふん。私の子ができるまでは適当に泳がせても良かったが、色々外野が煩くてな……いい加減うんざりしていた。そろそろ本気で処分しようと目論んでいたところに、興味深い話が耳に飛び込んできた」

立ちあがった縦にも横にも大柄な男に近づかれ、ユスティネは一歩後退った。ピリピリと空気が張り詰める。傍に寄られたくないのに、たちまち壁際に追い詰められ、それ以上離れられなくなるまでに時間はかからなかった。

「小娘。面白い痣を背中に持っているそうだな」

「……！」

悲鳴を上げなかった自分を、褒めてやりたい。

獣めいた臭い息を吹きかけられ、吐き気が込み上げる。咄嗟に横へ逃げようとしたが、顔の左右に男の手をつかれ、ユスティネは小さく喉を震わせた。

「……な、何のお話でしょう」

「あれの母親の内腿には、赤い花の痣があった。王族でもごく一部の者にしか伝えられていないそうだが、『乙女』の身体には代々同じ形の痣が浮かぶそうだな。散々痛めつけ息子の命をちらつかせたら、死ぬ間際にやっとしゃべりおったわ。全く強情なところがよく似ている」

「何て酷い……」

そんな残酷な事実をレオリウスも知っているのか。叶うなら、永遠に彼の耳には入ってほしくないと思った。ずっと知らないでいてほしい。もう充分傷ついている人を、これ以上痛めつけてほしくなかった。

「さっさと秘密を明かさないからだ。従順に股を開いて私の子を孕んでいれば、多少は優しくしてやったものを……だが、私は寛大だから過去のことは水に流そう。新しい『乙女』が手に入れば、些末なことなどどうでもいい」

「や……っ」

肩を摑まれたユスティネは、容赦のない力で床に投げつけられた。服を握られたままだったので、幾つものボタンが引き千切られて飛ぶ。

「唯一レオリウスを褒めてやれるのは、私のために『乙女』を連れ帰ったことだな。今まで隠していたことは許しがたいが、この際不問にしてやる。まぁ、どちらにしてもあと少しの命だ」

「わ、私は『乙女』などでは……っ」

「ふん。真偽のほどはどうでもいい。どうせ適当な女を見繕って、『乙女』に仕立て上げるつもりだった。それらしい痣を生まれつき持っているなら、好都合だ」

倒れたユスティネはグラオザレに伸し掛かられ、痛みと重みに喘いだ。腹の上に思い切り座られ、苦しくてたまらない。ジタバタ暴れても、太い腕に押さえ込まれれば抵抗など無意味だった。

「嫌……っ！」

「どれ、私が確かめてやる。背中と言っていたな」

強引にうつ伏せにひっくり返され、ユスティネの腕が無理な形に捻られた。悲鳴を上げても、彼はまるで気にかけた様子はない。むしろ女の苦痛の声に興奮したのか、膝でユスティネの背中を押さえこんできた。

「暴れるな。ぎゃあぎゃあとよく喚く女だな……後でたっぷりベッドで鳴かせてやるから、今は黙れ」

「ふ……っぐ」

口の中に布を突っ込まれ、ユスティネの眼尻から涙がこぼれた。

気持ちが悪い。こんな男に触れられたくない。何もかも、レオリウスは違う。

こちらの意思を無視して行われる無理やりな行為は一緒なのに、ユスティネの心に込み上げる嫌悪感はまるで別物だった。

どれほど酷いことをされても、レオリウスが相手であれば、深く傷ついただけ。辛くて悲しかったけれど、おぞましくはなかったのだ。

けれどグラオザレに抱かれるくらいなら、いっそ死にたい。だが口内に詰められた布のせいで、舌を嚙むこともできなかった。

「んぅっ……んんッ」

強引に引き裂かれた服が、ユスティネの代わりに悲鳴を上げる。布が裂かれる甲高い音に、幾筋も涙が溢れた。外気に肌が晒され、最後は肌着諸共《もろとも》服が引き下ろされる。剝き出しにされたユスティネの背中へ、ねっとりとした気味の悪い視線が注がれるのを感じた。

「……ほう。言い伝えは本当だったのだな。あれの母親と全く同じ形の痣だ」

「ぐぅっ」

うねうねとした気色の悪いものが肌を這い、背中の痣を舐められたのだと悟る。冷や水を浴びせられたように全身が冷え、えずきそうになったユスティネは、腕が折れるのも覚悟して死に物狂いで身を捩った。

「んんっ」

「嫌がる女を征服するのも悪くない。だがあまり調子に乗るな。子供さえ産めれば、手足が揃っている必要もないのだぞ？」

恐ろしいことを平然と言う男に、屈服したくはなかった。だがどうにもならない力に押さえつけられ、心が先にくじけてしまう。

抗おうとするユスティネの気持ちを無視し、身体は恐怖に震え出す。生存本能が優先されて、指一本まともに動かせなかった。

「そうだ。大人しくしていれば、良い思いもさせてやる。どうせ今頃レオリウスは毒の影響でまともに立ちあがることもできまい。助けを期待しても無駄だ」

平気なふりをしていても苦しそうだった彼を思い出し、ユスティネは口内の布ごと歯ぎしりした。

悔しい。悔しすぎて、頭が煮えてしまいそう。

結局自分はあの人に何もしてあげられなかった。せめて傍にいると言葉にして告げればよかったのか。誓いを立てていたら、僅かでも彼を安心させてあげられたのに。

ユスティネが奪われたと知ったら、レオリウスはどう思うだろう。切り札である道具を取り戻そうとしてくれるだろうか。それともグラオザレと同じで、適当な女を見繕って『乙女』に仕立て上げればいいと考えるのか。

これまでユスティネが感じていた絶望など軽いものだったと知る。

本物の絶望は、もっと黒々とした底なし沼だった。ぽっかり口を開けた深淵に呑み込まれる。

愛しい人にモノとして扱われることよりも、用なしとして見捨てられることの方が怖い。

しかも万が一、グラオザレと通じた女としてレオリウスから汚いものを見る眼を向けられたとしたら――

――嫌っ……そんなことは、とても耐えられない……！

諦念に食われかけていた心に力が戻る。まだ自分は全力で戦っていない。最悪の事態になるのだとしても、この気持ちだけはレオリウスに伝えなければ。

ユスティネが望んで彼を裏切ったのではなく、本心では、ずっとレオリウスの傍にいたいと願っていたのだと――

「ううぅッ」

「諦めの悪い女だな。仕方ない。指の一本もへし折れば多少は素直になるだろう」

「んん――ッ」

右手の小指を強引に曲げられ、ユスティネは激痛に備えた。どんな目に遭っても、絶対に自分からこの男へおもねる真似などしない。ボロボロにされても、心だけはレオリウスのものだ。

――愛している、とあの方に言うまでは――

「――今この場で首を刎《は》ねられたくなければ、ユスティネの上から直ちにどけ」

地の底を這うような憤怒に満ちた声が、突然耳に飛び込んできた。

一瞬、幻聴かと思う。

何故ならその声に聞き覚えはあっても、まるで見知らぬ男のものの如く響いたからだ。

乱暴な命令口調も、怒りのあまり平板になった声音も。これまで一度たりともユスティネは『彼』がそんな物言いをするのを耳にしたことがなかった。

どんな時も丁寧な口調で、耳に柔らかく届くのが当たり前だと思っていたのだ。けれどそれは勝手にユスティネが抱いた印象だったらしい。

「……レオリウス、貴様……っ」

白い顔色はそのままに、肩で息をしている。喘鳴《ぜんめい》が混じる呼吸は、聞いているだけで苦しそうだった。汗まみれのレオリウスは立っているのも辛いのか、片手は身体を支えるため、壁についている。

だが乱れた前髪の奥から覗く双眸は、ギラギラとした憎悪の光で燃え盛っていた。

「国王と言えど、僕のものに手を出せば、相応の対価を支払ってもらう。ユスティネは、僕の妻だ」

ものではなく、初めて妻と呼ばれた。それも宣言するように他者の前で。

そのことが、恐怖で壊れかけていたユスティネの自我を取り戻させてくれる。

涙で歪む視界を瞬きで払いレオリウスを見上げれば、苛烈な焔を滾らせていた彼の眼差しが微かに和らぎ、ほんの一瞬微笑んでくれた。それだけでもう、優しく包みこまれた気分になる。

――レオリウス様……！

レオリウスの顎先からは何粒も汗がしたたり落ち、唇の端には新たな吐血の痕まであっ

た。

あんなに大変な状態でユスティネの窮地に駆けつけてくれたのか。これまでどれほどの屈辱を受けても耐え忍び機を窺っていたのに、グラオザレにハッキリと牙を剝いてまで、自分を助けようとしてくれている。

——こんな行動を起こせば、立場が悪くなってしまう可能性があるのに——

レオリウスが構えた剣は、グラオザレの首筋を狂いなく狙っていた。

どんなに苦しげに喘いでも切っ先は揺るがない。剣を扱いなれているのだと、ユスティネにも分かった。

「ふん。長い間神殿に引きこもっていたお前に何ができる？」

「試してみるか？　僕が我が身を嘆いて神に祈ることしかしてこなかったと思うなら、貴様も剣を抜いてみればいい。今ここで決着をつけるのも悪くない」

自信に満ち溢れた言い方は、とても先刻まで毒で死にかけていたとは思えなかった。レオリウスの様子にグラオザレも分が悪いことを悟ったのだろう。渋々ながら、ユスティネの上から身を起こした。

「愚か者め……私が、かつては国一番の剣の使い手と讃《たた》えられていたことを知らないのか？」

「何十年前の話だ？　お前がもう何年も剣の柄すら握っていないことは、調べがついている。その腰にさげたものは、刀身ではなく使い手がとっくに錆《さ》びているのではないか」

「貴様っ……先ほどからその口のきき方、無礼だぞ！」

顔を真っ赤にしたグラオザレが立ちあがり、気色ばんで剣を抜こうとした。しかし腹の肉がつかえるのか、動作が遅れる。その隙にユスティネはレオリウスに助け起こされ、彼の放つ殺気が鋭さを増した。

「叔父上、やっと剣を抜けたご様子ですが、随分構えが甘い。それでは一瞬で勝負がついてしまいます」

「はっ、世迷いごとを！　私は国王だぞ。剣を向けて無事にすむと思うな！」

「これは奇異なことを。国王ともあろうお方が供もつけず、私の妻の部屋に何の御用ですか？　本来今頃は執務室にいらっしゃるはず……ではここにいるのは顔がよく似た暴漢だと判断するのが当然ではありませんか？　残念ながら扉の向こうに控えているはずの護衛もいない。ならば武器を持っている不届き者を、僕自らが排除するのは当たり前のことです――目撃者もいないことですし」

冷徹に言い放ったレオリウスの言葉に、脅しの色は感じられなかった。本気なのだと鋭利な空気が告げている。

虚勢を張ったグラオザレも甥の怒りと殺意をヒシヒシと感じたらしい。落ち着きをなくし、忌々しげにこちらを睨み据えた。

「その娘は『乙女』だろう。背中に証の痣がある。貴様、隠していたのか」

「何のお話です？　まさか……我が妻の肌を勝手に見たのですか？　――ならば万死に

値する所業です」

ユスティネの服が引き裂かれている状態を見れば、何があったのかは一目瞭然だ。しかしレオリウスは痣の件には触れず、怒りに満ちた声をより低くした。

「他人の伴侶に手を出す罪深さを、知らないはずはありませんよね」

「その娘を私に寄越せ。王になるべき人間は私だ。そうすればお前の命は助けてやる」

まるで噛み合わない会話に、ユスティネは眩暈を覚えた。憤《ふん》怒《ぬ》を滾らせながらも毅《き》然《ぜん》としたレオリウスと、全身の肉を震わせ醜悪《しゅうあく》な言葉を吐くグラオザレのどちらが国王に相応しいかなど、考えるまでもない。

あんな男のもとに行くのはごめんだと思い、レオリウスの服を掴んだ手に力が籠った。

「――貴方の『乙女』は母だったのでは？　そうご自身で宣言したはずです。母が父を選んだことが間違いで、本当なら最初から自分こそが相応しいと大々的に発表なさったではありませんか。叔父上も王族の端くれであれば知らないはずはない。一人の王に二人の『乙女』が現れることはありません。もっとも――『乙女』が二人の王と婚姻を結ぶこともあり得ないのですが」

それは明確な宣戦布告。

喉もとに突き付けられた剣の切っ先と相まって、グラオザレはゴクリと息を呑んだ。

「そ、それはたまたまこれまでの歴史でなかっただけの話……っ」

「とにかく話題をすり替えないでいただけますか。ユスティネは僕の妻です。それを欲するというのなら、どうぞ命を懸けてください」

ギラリと光った白刃が微かに動き、グラオザレの首筋に赤い線を引いた。

いつでもこの首を落とせるのだと、レオリウスの瞳が語っている。おそらく彼は、何の迷いもなく刃を引けるはずだ。そうしないのは、まだその時ではないと判断しているからなのか。

「き、貴様を罪に問い処刑することなど、いつでもできるのだぞ！」

「それはこちらも同じです。僕が無力な子供のままではないと気づくのが、遅すぎましたね」

「ルドルフを手懐けたくらいで調子にのりおって……」

「何か誤解があるようです。ヴァンクリード卿には、ユスティネが本当は使用人ではなく僕の妻だと紹介しておいたので、王太子妃として礼を尽くしただけですよ。『乙女』云々は関係なく、王家に忠誠を誓う彼なら、当然の対応でしょう」

レオリウスの言い分全てに納得したのではないだろうが、グラオザレが歯を剝いて剣を収める。だがあくまでも負けたわけではないと言わんばかりに、横柄な態度は崩さなかった。

「――――後悔するがいい」

「そのままお返しします。いいえ。死ぬほど後悔させて差し上げます」

舌打ちしたグラオザレが足を踏み鳴らしながら去っても、ユスティネはしばらく動けなかった。呪縛が解けたのは、レオリウスがうめき声と共に片膝をついたからだ。

「レオリウス様……！」

「……情けない。しばらくじっとしていれば、大丈夫だ」

「このままでは身体が冷えてしまいます。どうぞ、こちらへ」

大柄の男性を支え、ベッドに運ぶのは大変だった。大した距離ではないのに、彼は自力で立つことさえ困難だったためだ。

――こんなに弱っているのに……私のために……

「とりあえず横になってください。すぐお医者様とルドルフ様を呼んで参ります……！」

「ありがとう。だが必要ない。少し休めば、すぐに回復する。それに――君を一人で行かせられない」

部屋を出て行こうとしたユスティネは、手を握られ引き留められた。絡んだ指が、とても熱い。もしかしたらレオリウスは高熱が出ているのかもしれない。

「でも……」

「この毒は以前にも盛られたことがあるから分かる。数日すれば体外に排出される。解毒薬は飲んだから、体力が戻れば心配ない。――もしあの子供たちが同じ毒を飲んだなら、苦しむ間もなく神に召されただろう……そのことだけが、救いだ……回復したらすぐに安らかな冥福を祈りに行かなければ……」

祈りの言葉を紡いだレオリウスは、聖職者だった頃と同じ慈悲深い顔をした。それでも無念さが滲んでいる。

　優しい人。

　神殿で暮らしていた当時、ユスティネが感じていた彼の人柄は、やはり本物だった。少しも変わってなどいない。

　こみ上げる思いのまま、レオリウスの手を握り返す。ベッドの傍らに膝をつき、ユスティネも見様見真似で祈った。

「……悲しい、です。国を預かる国王様が何の罪もない人たちを巻き込み犠牲にして、平然としているなんて――……それにあんなことをして、レオリウス様の立場は大丈夫ですか？　これからもっと命を狙われてしまうんじゃ……」

　いっそあの場で決着をつけてしまった方が良かったのではないかと思い、その思考の恐ろしさにユスティネは慌てて頭を振った。これでは、グラオザレと同じだ。

「あの男を断罪するのは、今ではない。もしこの場で首を刎ねてしまえば、僕に反感を持つ一部の貴族たちを勢いづかせるだけだ。舞台は間もなく整う――ユスティネには申し訳ないと思っているが……」

「え？　私ですか……？」

「君に下劣な真似をしようとしたあの男を、すぐに斬り捨てられなかった。すまない。同じ罪を犯した僕が言えた義理ではないけれど……ユスティネにとっては腹立たしいだろう」

こんな場合でも、自分のことを思ってくれる彼に胸が締め付けられた。

「……私は平気です。レオリウス様が助けてくださいましたから……」

約束通り、心も身体も守ってくれた。それだけで、もう充分。恨む気などない。

「だけど心配です。これからどうなってしまうのか……国王様が黙っていないでしょう」

「準備は進めてきた。そろそろ反撃の狼煙《のろし》をこちらも上げようとしていたところだ。だから君は安心してほしい。——傍にいて、くれるのだろう？」

微かな不安を揺らめかせ、碧の瞳が切実な光を帯びる。ユスティネはじっと彼を見返し、深く頷いた。

「はい。一生、お傍を離れません」

王太子が『乙女』を見つけた——その一報が国内を駆け巡ったのは、翌日のことだった。

5　誓い

国に選ばれた巫女たちが『乙女』を捜索するのは、年に一度と決まっている。

それも、先代の『乙女』が身罷られた後や、次期後継者が伴侶を見つけるまでの間のみ。

しかも父に国王、母に『乙女』を持つ正統な後継者を媒介にして巫女たちは力を行使するので、王太子がいないとそもそも探すことができないのだ。

「――それ故に、何年も伴侶である『乙女』が見つけられない王子は、次の国王に相応しくないとみなされる」

やっとベッドから起き上がれるようになったレオリウスは、小さく溜め息を吐いた。

この数日で彼は少し窶《やつ》れ、乱れた前髪が血色の悪い額に落ちかかっている。しかしひ弱そうに見えるのではなく、僅かにこけた頬が鋭角的で、男性的な魅力を余計際立たせていた。

「父も僕も、そのせいで色々と言われた。『乙女』と年が離れていれば当たり前に起こることなのに、おかしな話だ」

レオリウスが毒により倒れて以来、ユスティネは付きっきりで看病に当たっている。薬を飲ませ、着替えを手伝い、身体を拭いて、極力他の人物を近づけないようにしていた。自分の下についていたシエラも例外ではない。正直なところ、医師といえども信用できないからだ。

この数日間、ユスティネと彼は沢山話をした。以前のように議論を交わしたこともある。その中でも話題になることが多いのは、アルバルトリア国の成り立ちや『乙女』への信仰に関するものだった。

「母が亡くなって、叔父は新しい『乙女』を探し出す必要に迫られた。本来なら、それは次の王のためのものだ。だがおそらくこれまでの慣例や規則を破って、自分にとって二人目の『乙女』をでっちあげるつもりだったのだろう。しかし僕がユスティネを連れ帰ったことで、欲が湧いたらしい」

本物が眼の前にいるなら、奪えばいい。前回と同じように――

「巫女が真実を語ればどうするつもりだったのでしょう……」

仮に偽りの『乙女』を仕立て上げても、真実が露見すれば厄介だ。なおさらグラオザレへの不信感が国民に広がるだろう。

「――巫女自体、偽者を連れてくればいい。金で買収できる紛い物に適当な偽りを述べさせれば、体裁は取り繕える。どうせ王家に仕えてきた巫女たちは皆、十五年前に一族諸共殺されている」

「え……っ」

恐ろしい言葉にユスティネが身を竦ませれば、レオリウスが手を握ってくれた。

「あの男は自分の罪を暴かれるのを恐れ、強い力を持つ巫女たちを根絶やしにした。表向きは引退したとか他国に渡ったなどと言われているようだが……実際のところは違う」

巫女は基本神殿で暮らしているが、その中から特に強い力を持つ五人が選ばれ、王族付きとなる。選出された者は王宮に移り住み、様々な祭儀を執り行い王家の繁栄を祈るのだ。そして何年か仕えた後は、優秀な子を残すため結婚し引退するのが通例だった。

しかし十五年前を最後に、王室付きの巫女は選ばれていない。ずっと不在のままだ。

それはつまり、『乙女』を探す眼である巫女たちを排除してしまえば、ひとまず自分の地位は安泰だとグラオザレが目論んだのではないか。その間に兄から奪った妻に子を産ませれば、確固たる地位を築けると考えたのだろう。

ただグラオザレの計算違いは、我が子に恵まれなかったことと、レオリウスが自力で『乙女』を見つけ出したことだった。

「……どちらにしても次の儀式を執り行わないわけにはいかない。巫女たちを集め、新たな『乙女』を探し出す。――――今回はユスティネが本物の『乙女』であると認めさせるものだが……明日、その儀式が執り行われる」

「で、でも国王様の息がかかった巫女が取り仕切るなら、好きなように結論付けられるではありませんか。それこそ私が偽者だと断じられるかもしれません」

「ああ。だからもうひとつ切り札が必要だった。そしてそれは僕の手中にある。十五年前、唯一逃亡に成功し、生き残った者がいる。全ては明日、彼女が証言してくれる。その時こそ――あのケダモノの首を取る時だ」

数日間毒の影響でほとんど病床にあっても、レオリウスは弱った身体を押して様々な指示を飛ばしていたらしい。

「……そんな不安な顔をしないでくれ、ユスティネ」

俯いた頬へ、そっと彼の指先が伸ばされた。触れるか触れないかの淡い接触に胸が引き絞られる。

「……上手くいくでしょうか……」

「対策は万全だ。信じてくれ。――ああそうだ。全てが終わったら、君に贈り物をしたい。王家所有の鉱山では他では産出されない希少石が採掘される。とても珍しいものだから、身に着けるのを許されるのは王族とごく一部の者だけだ。ユスティネも気に入ると思う」

「私は……宝石にあまり興味がありません」

詳しくもないし似合わないだろうから、宝の持ち腐れだ。だが重くなった空気をレオリウスが変えようとして別の話題を提供してくれたのだと分かり、ユスティネは明るい笑顔で答えた。

「そう言わないでくれ。碧に銀が内包された、王家の色と呼ばれる石だ。――君に身に着けてほしい」

そう言われると、心は動く。ユスティネが関心を示したのを察したらしい彼は、勢い込んで先を続けた。

「実は鉱山の管理を任せていた貴族が横流しをしているという情報もあって、近々視察に行く予定を立てていたんだ。どちらにしても赴くつもりだから、ユスティネに似合う石を選ぶのもついでだ。次期王妃として国内で産出される鉱石の品質を確認するのは、重要な仕事だと思う」

「ふふ……そうですね」

いつになく必死な様子の彼がおかしくて、ユスティネはつい笑ってしまった。

「では約束だ。どうか僕からの贈り物を、受け取ってほしい」

「はい。楽しみにしています。でもその前にゆっくり身体を休めてください」

全ては明日。

国民が見守る場で、何もかもが決着する。衆人環視の中でなら、都合よく事実を捻じ曲げることは難しい。未だレオリウスを認めていない貴族たちも、勝手な真似はできないだろう。けれど本当に大丈夫なのか。何ひとつ保証がなく、しかも彼は万全の体調ではない。

ユスティネには不安感しかなかった。

万が一失敗すれば次はないのだ。

——色々なことが一気に動き出した……

グラオザレにユスティネが襲われたせいで、計画が前倒しになった心配もある。もしも準備が不充分になっていたり、対策に抜けがあったりしたら——状況はレオリウスに有利だとは到底思えなかった。

あの日以来、グラオザレからは何の動きもない。まるで初めから『何もなかった』かのようだ。それが不気味で、嵐の前の静けさのように感じる。

何らかの策略を巡らせているのは確実なのに、窺い知れないことがもどかしい。こちらが念のためルドルフとの接触を控えていることもあって、情報がなかなか入ってこないことも、ユスティネの焦燥感を煽っていた。

それでも、この人を信じてついていく。

決意を胸に秘め、ユスティネは彼を見つめた。全てが終わったその時は——『愛している』と告げよう。今はまだ、レオリウスに余計なことを考えさせたくはない。きっと彼は明日のことで頭がいっぱいに違いなかった。

「……そんな身体で、大丈夫ですか」

「ユスティネを守るのに、支障はない。それに確かに体力は削られたが——気力は充分満ちている」

力強く握られた手が、言葉より雄弁に彼の心情を伝えてきた。ユスティネがいてくれるからだと言われているのも同然で、頬が赤らむ。羞恥と歓喜で潤んだ瞳が恥ずかしくて、そっと顔を伏せた。

「……残念だな。こうして二人きりの時間を過ごせているのに、流石に今は何もできない。僕の身体に残る毒が、ユスティネに影響しないとも限らないからね」

「ば、馬鹿なことをおっしゃっていないで、しっかり横になってください！」

強引に彼を寝かしつけ、ユスティネは明日に想いを馳せた。


皮肉なほど晴れ渡った青空には雲ひとつなく、どこまでも澄んだ色が広がっている。

ユスティネはこれまで一度も身に着けたことがない華やかな衣装に着替えさせられ、飾り立てられた。

「こ、こんなに派手にする必要はありますか？」

髪は複雑な形に結い上げられ、生花を飾られている。首周りと腕には煌びやかな宝石が輝いていた。

「何をおっしゃっているのですか。『乙女』様のお披露目としては、地味な方です。さ、紅を塗りますのでじっとなさってください」

化粧も初体験だ。

自分の顔に刷毛が滑るのは擽ったく、何だか気恥ずかしい。すぐ眼の前には、真剣な面持ちでユスティネの顔に色をのせてゆく侍女がいる。

かつては大変な美女だったと思われる中年の彼女は、年に似合わぬ真っ白な髪をしていた。おそらく、苦労が多かったのだろう。その女性の手で唇と目尻にも朱を刷かれ、ユスティネは閉じていた瞼を押し上げた。

「お綺麗です。ユスティネ様」

王宮内ではユスティネがレオリウスの見つけた『乙女』だと知らない者はもはや一人もいない。既に国中に知れ渡っているので、当然だ。そのため彼らの態度はこれまでと一変していた。

ようやく正統な王位継承者が現れたと、そこかしこで囁かれている。今まで王族から弾き出された元王太子など厄介な火種になるだけ――と嫌厭していた者たちが軒並み掌を返してきた。

久方ぶりの明るい話題に、心なしか人々の顔が希望に輝いている。

しかし光が当たれば影ができるもの。安心はできない。裏ではきな臭い動きを見せる輩も少なくなかった。光が強ければ強いほど闇も深くなるものだから。

「――支度は終わった?」

じっと座っていたユスティネは、正装に身を包んだレオリウスと鏡越しに眼が合った。

王太子らしい格好をした彼は、衣装に気後れしているユスティネと違い、堂々としている。やはり生まれながらに人々の上に立つ人なのだ。

「何だか落ち着きません……こんな格好をしたことがないので……へ、変ですよね」

こちらを見つめたまま黙り込んだレオリウスに、不安が膨らむ。やはりどこかおかしいのだろうか。似合っていないと嘲笑われたくはない。一所懸命飾り立ててくれた侍女には悪いけれど、慣れないユスティネは今すぐ着替えたくて仕方なかった。

「——いや、少しも変などではない。とてもよく似合っている。どうしてもっと早く、君を着飾らせなかったのだろう。これまで損をした気分だ」

「そ、そんなっ……」

「この良き日に、ユスティネ様の支度を任され、光栄でございます。最後にこの髪飾りをつけさせていただきます」

二人の間に漂う甘やかな空気を読んだのか、侍女は微笑みながらユスティネの髪に宝石があしらわれたピンを挿し、退室した。その際、やや深く押し込まれたせいか、頭皮に軽く痛みを感じる。

「ユスティネ？　どうかした？」

「あ……いいえ、何でもありません。生の花を飾っていただいたのに、宝石までつけるなんて、少々派手ではないかと思って……」

ユスティネは侍女の不手際を指摘してこの場の雰囲気を悪くするのを避け、ごまかした。それに彼の柔らかな瞳に見つめられると頭に感じた痛みなどすぐに引いてゆく。いっそう鼓動が激しくなり、おろおろと視線をさまよわせた。

「そんなことはない。綺麗だ、ユスティネ。僕の妻」

取られた手の指先に口づけられ、胸が疼く。今から気を引き締めていかねばならないのに、眩暈がするほど幸福で、のぼせてしまいそうだ。

今日は、新たな『乙女』を選定するための祭儀が執り行われる。アルバルトリア国に於いて、最も重要な式典のひとつだ。いくら横暴なグラオザレでも、省くことはできない。何故なら、国王を決めるのは『乙女』だという認識が強く国民に刻み込まれているからだ。それを蔑ろにすれば、大きな反発を生むに決まっている。

十五年前、グラオザレはそれを利用し、自分を次の国王に指名させたのだ。レオリウスの命を人質にすることで、先代の『乙女』である兄の妻を脅して。

以降この国は傾き続け、貧困と災害に喘いでいる。

あの悲劇をもう一度起こさせるわけにはいかない。今日あの男が何を仕掛けてきたとしても、ユスティネは必ずレオリウスを守ると決めた。

――――私が本当にラスアルヴァ神に遣わされた『乙女』なら――――どうか彼を守らせてください……

庇護されるだけでも、利用されるのでもなく。自分もレオリウスを支えたかった。伴侶として、背筋を伸ばし、隣を歩くために。

――――上手く言えないけれど、私は何となく分かった気がする。『乙女』とは、奪ったり力づくで手に入れたりするものじゃない……傍に置くことや身体を重ねることに意味があるわけではないと思う……

王家に祝福を与え、国王の権威を保証する存在。それは置物でも勲章でもない。

――愛がなければただの飾り。

国を治める者が大事にし、『乙女』に愛されるからこそ、アルバルトリア国は小国ながら他国に侵略されることもなく繁栄してこられたのではないか。根幹に『愛情』がなければ庇護は失われる。だからこそ、レオリウスの祖父の裏切りで悲劇の種が芽吹き、グラオザレの代になり、国は急速に衰退していった。

レオリウスの母が愛したのはただ一人。夫だけだったからだ。

息子を守るために憎い男の言いなりになるふりをしても、決して心まで渡さなかった王妃。十五年もの長い間一人で戦い続けた彼女は、とても強く誇り高い女性だったのだろう。叶うならば、会ってみたかったとユスティネは思う。色々な話を聞いてみたかった。

――今の国王様に子供が生まれなかった――それこそが神の意思に反している証明なのかもしれない。

根拠はない。しかしユスティネの胸にストンと納得できるものがあった。それは同じ『乙女』として、同じ女性として通じるものがあるからだ。

現にユスティネがレオリウスへの愛を自覚し認めてから、事態が大きく動き出した気がする。眼には見えない大いなる何かが軌道修正を計り、人間そのものを試すかのよう。それまではどこか膠着し、先が見えない日々が続いていたのに……

――それがいいことか悪いことかはまだ分からないけれど……未来は自分たちの力で

作っていくもの。

きっかけが与えられたのなら、現状を好転させられるかどうかも己次第だ。勿論、ユスティネには自分が特別な存在だなんてこれっぽっちも信じられなかったが……彼が言うなら、受け入れられる。

少なくとも今、いくら『自分はまだ恵まれている』と言い聞かせても閉塞感と孤独に苛まれていた昔とは違い、ユスティネの隣にはレオリウスがいてくれた。

二人一緒なら、どこまでも歩いて行ける。そう、心から信じられた。

「――行こう、ユスティネ」

「はい。レオリウス様」

彼の腕に自分の腕を絡め、ユスティネは歩き出した。歩調を揃え、隣を行く。先を行くレオリウスを追うのでも引き摺られるのでもない。きっとこんな関係こそが、大事なのだ。

確信に満ちたユスティネは、前だけを見つめた。

儀式が執り行われる祭場まで並んで歩き、用意されていた席に座る。建物の中ではなく、広大な広場になったそこは、王族が昔から様々な式典を執り行ってきた場所だ。

周囲よりも高くなった円形の広場に上がることを許されるのは、王族とその伴侶だけ。細い道で繋がった先にラスアルヴァ神を祀る祭壇がある。周囲を取り囲むように大勢の国民が集まっており、皆一様に固唾を呑んで壇上を見上げていた。

新たな『乙女』が現れたなら、自分たちの暮らしが少しでも良くなるのでは、と期待した熱い眼差しが注がれる。

ユスティネは自分に向けられた願いが込められた無数の視線に、身が引き締まる心地がした。

いずれ王妃になることがレオリウスといられる条件なら、全力で立ち向かおう。そう思えるようになったのは、彼を心から愛しているからだ。

――彼のお母様も、同じことを思ったはずだわ。

元は洗濯場で働いていたという先代の『乙女』。きっと彼女も愛する人のために新しい世界へ飛び込んだのだ。ならばきっと、自分にもできる。ユスティネはそう信じ、震えそうになる身体を叱咤した。

祭壇の前には五人の巫女が待っている。その顔触れを見て、ユスティネの隣に腰かけたレオリウスが眉を顰めた。

「……レオリウス様？」

「……十五年前、生き残った巫女の姿がない」

「……えっ？」

慌ててユスティネが前方に視線を走らせれば、確かに年若い女性しかおらず、一番年嵩《としかさ》でも二十代前半だ。しかもユスティネが知る顔はひとつもなかった。

――どういうこと…？　もし国が選んだ優秀な巫女であれば、神殿で働いていた私が知らないはずはないのに……！

　つまり、全員偽者。さもなければ巫女になりたての少女たちなのだろう。どこかおどおどした態度には場慣れした雰囲気はなく、後ろめたさのようなものが漂っていた。

「レオリウス様……それでは……っ」

「――こちらの狙いに気がついて、手を回されたらしい」

　対角線上の席に座るグラオザレが、遠目からでも嫌な笑みを浮かべているのが分かった。動揺するこちらを蔑み、甚振《いたぶ》る眼差しでレオリウスとユスティネを睥睨《へいげい》している。その双眸には、勝利を確信した色があった。

「どうすれば……っ、今から儀式を中断しますか……っ？」

「それはできない。後からつけ入られる隙を与えるわけにはいかない」

　対策を立て直さなければ大変なことになる。焦って立ちあがりかけたユスティネは、突然急激な眩暈に襲われ、隣のレオリウスに寄りかかった。

「ユスティネ……？　大丈夫か？」

「は、はい……ですが頭がぐらぐらして……」

　答える間にも、視界が揺れる。しかも返した短い言葉は、呂律《ろれつ》が回らないものだった。

「あ……？」

　ジンジンと頭の後ろが疼く。熱を持っているのか、鼓動に合わせて痛みが走った。その場所は――

――さっき、宝石のついたピンの先端が擦れたところ……

「ユスティネ！」

レオリウスの声が遠く聞こえる。耳に届いていても、どこかぼんやり滲んでいた。視界はどんどん暗くなり、とは言っても意識を失うほどではない。思考はしっかりしている。けれど手足が重く動かせない。身体の自由が奪われたのだと、しばらくして気がついた。

「――これより、儀式を始めます」

全身が強張ったせいで倒れこむのは免れた。しかし手も足も自由にならないユスティネは、痙攣する瞼を懸命に押し上げた。全身が重い。関節を曲げることも伸ばすこともできない。呼吸はゆっくりしたものになり、表情が抜け落ちたのが、自分でも分かった。

「ユスティネ……この匂い……それに症状……まさか毒か？」

視線でレオリウスに説明を求めれば、彼は小さく顎を引いた。

「――おそらく、ほんの一時身体の自由を奪うものだ。命に別状はないし、微かな匂いからごく微量だと思う。だがいつの間に……」

「……ぁ」

上手く曲げることもできない腕を必死に持ち上げ、ユスティネはどうにか後頭部に飾れたピンを指し示した。大ぶりな花をふんだんに飾った髪型の中、考えてみればたったひとつだけ宝石のついたピンは異質だ。きっと先端に毒が塗られていたのだろう。

頭皮を軽く傷つけられ、そこから薬物が体内に入ったのかもしれない。

――私が、レオリウス様の足手纏《あしでまと》いになってしまう……！

もっと警戒しろとシエラが忠告してくれていたにも拘らず、以前より周囲が友好的になったことで、どこか気が緩んでいた。

こんな状態では発言もままならない上、もしも何か問われても、返事ができない。

『乙女』として、グラオザレではなくレオリウスを選ぶと宣言しなくてはならないのに。

霞む視界の中、儀式は進行してゆく。

蝋燭に火が灯され、ラスアルヴァ神へ花が飾られた。巫女たちが水に浸された花を四方に放り、場を清める。

もはや誰にも制止の声をかけられる状況ではなかった。

――どうにもならないの……？　私にできることは何もないの……？

ユスティネはレオリウスに手を握られ、絶望感に震えた。

このままでは最悪の展開になる。十五年前の再現が起きれば、誤った流れを止めることは不可能だ。たとえ後から真実を公表したところで、一度広まってしまった情報を訂正することは難しい。それは、レオリウスたち母子が受けた仕打ちを見れば、明らかだった。

「――ラスアルヴァ神より託宣がありました。この場にいるユスティネ様こそ次なる『乙女』様。ですが伴侶になるべきは王太子様ではありません」

一番年長の巫女が高らかに告げ、静まり返っていた広場に、衝撃が走る。どよめきが広がり、人々は動揺した囁きを交わし合った。

「ど、どういうことだ？」

「ではグラオザレ国王様に二人目の『乙女』様がいらっしゃったのか……？　そんなこと、前代未聞だ」

「前代未聞だと言うなら、先代の『乙女』様が前国王様を間違って選んだこともそうだよ。私たちが知らないだけで、そういうこともあり得るのかね……？」

――違う。そんなはずはない。私が、はっきり言わないと……！

気持ちばかり焦っても、ユスティネには唇を震わせるのが限界だった。表情を変えることすら叶わない。顔はほとんど動いてくれず、傍からは無表情のまま座っているようにしか見えないだろう。薬の効果はじりじりと及ぶらしく、もう指一本ユスティネには持ち上げられなかった。

「皆の者、静まるがいい」

大声を張り上げたグラオザレは、芝居がかった仕草で高い位置から民を見下ろした。大勢の視線を集め、満足そうに鼻から息を吐く。

「巫女よ、おかしなこと言う。レオリウスに資格がないとすれば、他に王家の血を引く男は私しかいないのだが……？」

思わせぶりに傾げられた首は、愉悦に満ちていた。この後の展開を思い描き、どうやって獲物を追い詰め甚振《いたぶ》ってやろうか思案している。残忍さを糊塗し切れていない男は、黄ばんだ歯を剥き出しにして嗤った。

「今一度確認してみるがいい。間違いは許されない。本当にユスティネはレオリウスの『乙女』ではないのか？」

「は、はい。間違いありません」

一人が頷けば、他の三人の巫女も深く首肯し同意した。

「――ひとつ言わせていただこう。叔父上も巫女を名乗るお前たちも心に刻むがいい。偽《いつわ》りを述べれば、必ず罪を贖《あがな》う時が来る。自らの発言には命を懸ける覚悟があるのか」

「レオリウス、それはどういう意味だ？　巫女たちが嘘を吐いていると言いたいのか？」

「それは叔父上が一番よくご存じでは？」

レオリウスの言葉に人々は更に困惑したようだ。何を信じればいいのか判断できず迷っている。しかし次第に『神に仕える巫女たちが嘘を言うわけがない』と結論付けたらしい。

「巫女のお告げなら、本当ではないか……？」

「確かに。アルバルトリア国はこれまでずっとそうやって王を決めてきたのだし……」

「だ、だがグラオザレ国王の代でだけ例外が二度も起こるなんておかしくないか？　それにもう何年も国はちっともよくならない。これはまさか――」

「馬鹿なことを言うもんじゃないわ。国王様に対して不敬じゃない」

否定的な意見に嚙みつく勢いで叫ぶ声に、ユスティネは聞き覚えがあった。辛うじて視線をそちらに向ければ、群衆の中に印象的な濃紺めいた黒髪を見つける。整った派手な顔立ちにも記憶が刺激された。

――あれは……以前着替えを手伝ってくれた侍女……？

しかも少し離れた場所には、先ほどユスティネの髪に髪飾りを挿した女も佇《たたず》んでいた。それだけでなく、周囲に「国王様こそ正しいに決まっている」と叫び散らしているではないか。

王宮内で働いているはずの彼女たちがどうしてそんなところにいるのかと、抱いた疑問への答えはおそらくひとつだけ。グラオザレへの批判が封じられた瞬間、国王自らが声を張り上げたのだから。

「――では『乙女』本人に国王を指名させればよい。十五年前私がそうして正しく玉座についたように。この国では『乙女』が国王を選ぶ。是非、原則に則《のっと》ろうではないか」

グラオザレの宣言に、わぁっとその場が沸く。「そうだ」という大声に、疑問を投げかける意見は駆逐《くちく》された。

もはやレオリウスが何を言っても、誰の耳にも届かない。割れんばかりの拍手が巻き起こり、反論は完全に封じられた。いまさら『陰謀だ』と叫んだところで、負け惜しみと捉えられるのが関の山。いっそうレオリウスの立場を悪くするだけだろう。

「――それでは『乙女』よ。正直に答えるがよい。お前は私と甥……どちらを王に選ぶ？」

答えなど最初から決まっている。瞬きもできないユスティネは眼球だけを必死で動かそうとした。けれど縫い留められたかの如く動かない視線は、前方に向けられたまま。その先にいるのは、忌々《いまいま》しい笑みを湛えたグラオザレだった。

王冠を頭にのせた男が玉座から立ちあがり、壇上の中央に進み出る。存分に人々の注目を集め再び静寂が訪れた後、グラオザレはレオリウスとユスティネのすぐ眼の前までやってきた。

「もしや答えにくいのか？　お前をここへ連れて来たのはレオリウスだとか……『乙女』として自分を見出した男に義理立てしたい気持ちは分かる。だからそのように視線で私に訴えかけてくるのか？」

ニンマリと口角を上げたグラオザレに『違う』と叫びたい。だがユスティネの舌は、ピクリとも動いてくれなかった。むしろ男の言うことに同意するように熱心に見返す様は、人々を誤解させたらしい。

「そうだったのか……」

「じゃあレオリウス様は王太子として相応しくないのね。十五年前王宮を追放されたことが、正しかったんだわ」

「グラオザレ様、万歳！」

民衆を扇動するようにあちこちで国王を称える声が上がった。それらはおそらく仕込まれていた者たちだ。初めに『万歳』と叫んだのは、白髪の中年女性だったのだから。

しかし一度流れができあがってしまえば、押しとどめることは不可能だった。

「万歳！」

「これからもアルバルトリア国に繁栄を！」

人々の声に応え、グラオザレが手を振る。熱狂した民衆が次に求めたのは、レオリウスの王太子位剝奪だった。

「資格を持たない王太子などいらない！『乙女』を見つけ出した功績を買っても、余計な火種を生まないために、また王族から除名した方がいいのではないか」

「神殿で一生を過ごしてもらえばいい」

「ああ、神に仕え国の繁栄を願うことこそ相応しい」

ユスティネの隣に座っていたレオリウスが立ちあがり、グラオザレと対峙した。動けない自分からは、愛する人の背中しか見えない。彼が今どれほど屈辱に打ち震え、絶望に苛まれているかと思うと、ユスティネは今すぐ泣き叫びたかった。

それなのに、涙一粒こぼれない。圧倒的に無力さを晒しただけ。

誰よりも国を憂い、国民を大切に思っているのは彼なのに、欠片も届かない。こんなことは間違っている。集まった人々は、自らの手で正統な王位継承者を排除しようとしていることに気がついてもいないのだ。

もしかしたら数年後――――いや、数十年後に彼らは過ちに気づくかもしれない。しかしその時には全てが遅い。

現実を直視した時にはもう、アルバルトリア国は消滅しているに違いなかった。

「――――残念だったな、レオリウス。お前が切り札にするつもりだった巫女は、私が脅しをかけるまでもなく逃げ出したぞ。あの女は利口だ。十五年前せっかく長らえた命を、無駄にする必要はない」

グラオザレはレオリウスとユスティネにのみ聞こえる声量で言い放った。勝者の顔をして「処刑はしない。精々一生を神殿で過ごし、我が国の繁栄を指をくわえて見守るがいい」と呪詛まで吐いて。

――ああ、レオリウス様……！　どうして私の身体は動いてくれないの……！

生まれてから一度も、ユスティネは神様に本気で縋ったことはなかった。神殿で長く働いたが、本心ではラスアルヴァ神の存在を信じてはいなかったからだ。だが今は、心から奇跡を乞う。

もしも願いを叶えてくれるなら、何を犠牲にしても惜しくない。命だって捧げられる。だからどうかレオリウスを助けてくれと心の中で絶叫した。

その時、背中しか見えないレオリウスが微笑んだのが、何故か分かった。

「――そうですか。彼女は無事逃亡できたのですね。ではルドルフが上手く脱出させてくれたのでしょう。計画通りいったようで、安心しました」

「何……？」

きっと憎悪と怒りに支配されていると思っていたレオリウスの声は、随分冷静なものだった。焦ってもいない。

動揺を微塵も感じさせない彼の後ろ姿に、ユスティネは気がついた。

「十五年前生き残った巫女は確かに一人だけいました。ですが事前に逃げ出したのは、全くの別人です。僕が用意した代役ですよ。大勢の監視者を僕の周りに配置していたくせに、叔父上は見抜けなかったのですか？　どうやらわざと漏らした情報に食いつき、まんまと踊ってくださったようで、嬉しいです」

「ど、どういうことだ」

途端に落ち着きをなくしたのは、グラオザレの方だった。想定外の事態に対応できないのか、狼狽した姿を隠そうともしない。

挙動不審になった国王の様子に、盛り上がっていた民衆も不安の色を浮かべ始めた。

「虚勢を張るな。とっとと負けを認めれば、命だけは助けてやると言っているのだぞ」

「それはこちらの台詞だ」

丁寧な口調をかなぐり捨てたレオリウスから、冷えた空気が漂った。大人しくて、お飾りの無害な王太子の気配が、一変する。

「もう一度問う。巫女たちよ、偽りを述べるなら、王族を謀《たばか》り民衆を誑《たぶら》かし、更にラスアルヴァ神を裏切った罪によりこの場で首を刎《は》ねられる覚悟はあるか」

「わ、私たちは……っ」

レオリウスの覇気《はき》に圧倒され、明らかに怯え動揺を露《あらわ》にする彼女たちは、厳しい修行を積み選び抜かれた巫女にはとても見えなかった。どこにでもいる、年若い娘たちだ。互いに手を握り合い、涙ぐんだ瞳を恐怖で見開いている。その中に一人だけ、まっすぐ背筋を伸ばし、毅然と立つ少女がいた。

五人の中で最も若い――十代半ばの娘だけが威厳を失っていなかった。

「私が聞いたラスアルヴァ神様のお言葉では、ユスティネ様は間違いなくレオリウス殿下の『乙女』様です。私の母は、十五年前簒奪者により殺された王族付き巫女の、唯一の生き残りです」

――あの子は……

きつめに施された化粧のせいで初めは分からなかったけれど、よく見れば、ユスティネは彼女にどこか見覚えがあった。

まだあどけない、薄めの唇に小さな鼻。何よりも奥二重の瞳は意志の強さを宿していた。年の割には落ち着き払った、一見不愛想な態度。

ユスティネと共にレオリウスの使用人になった少女、シエラだ。

ユスティネが『乙女』として公表されて以来、会う機会がなかったけれど――その彼女が巫女の衣装を纏い、他の年長の巫女たちの誰よりも存在感を放ち、恨めしげにグラオザレを凝視した。

「私は母からこの日のために生きるよう言い聞かされてきました。決して自分たちの屈辱と苦痛を忘れないようにと……」

懸命に冷静であろうとしているのが伝わる声音は、少女らしからぬ低さだった。それだけ、堪えるものが大きいのだろう。シエラは一度深呼吸をし、改めて声を張り上げた。

「レオリウス様の手引きでユスティネ様に仕え、あの方がとてもお優しく公平で、純真な方であると実感しました。ユスティネ様こそ私が仕えるべき『乙女』様……その方をぞんざいに扱うなど、絶対に許せません——死んだ、母のためにも」

同胞を殺され命からがら逃げ出した彼女の母親は、きっと大変な人生を送ったに違いない。その苦労を思うだけで、ユスティネは胸を衝かれた。

「ば、馬鹿な……世迷いごとを申すな。私が簒奪者だと？　不敬な女め、どこにそんな証拠がある……っ？　貴様も偽者だろう。お前たち、はやくその不届き者を斬り捨てろ！」

国王の命令でも、兵たちは正式な儀式の場で、巫女に刃を向けることへ抵抗があったらしい。一人も動けないまま困惑していた。

「証拠ならある。彼女が持つ石だ。——見せてくれるかい？」

レオリウスの言葉に頷いたシエラは胸の間に隠した袋を取り出した。それは以前、ユスティネも眼にしたことがある。彼女が落とし、拾ってやろうとしたら奪うように取り返されたものだ。

その袋の中から五つの石がこぼれ出る。どれも美しい輝きを放つ宝石で、簡単に手に入る代物には見えない。色は全て碧。そこに銀の内包物が煌《きら》めく石は、王家の所有する鉱山でしか採掘されない希少石だった。

「王族以外であれを所有できるのは、王族付きになった巫女だけだ。——叔父上は知らなかったようですね。どうやら後継者として認められた者以外、伝えられない秘密らしい。

つまり貴方は最初から、お祖父様にも認められてはいなかったようだ」

「な、何を……っ」

「……私の母は死にゆく仲間たちから、この石を託されたそうです。そして私が受け継ぎました。ここにいる四人の偽者は、一人でも証《あかし》の石を持っているのですか？」

慌てて逸《そ》らされた女たちの瞳。それが答えだった。

「い、石如《ごと》き、いくらでも捏造できるだろう。お前たち何をしている。いい加減その口を閉じさせろ！」

グラオザレが唾を飛ばしながら喚き散らす。その場にいる全員が何を信じるべきか迷っていた。真実を語っているのは誰なのか。簡単に判断を下すのは難しい。

どちらの言い分を信じるにしても、結局は王族に刃を向けなければならず、誤れば自身の首は勿論、一族郎党が処刑されかねない。そういう恐怖政治を、長年グラオザレは布《し》いてきたのだ。

間近で粛清の嵐を見続けた兵たちならば、なおさらだっただろう。

彼らは激しく惑いながらも、レオリウスに対し剣を構えた。

「……っ、国王様の命令は、絶対だ」

――駄目。お願い神様。私にレオリウス様を救う力をください……っ！

痣があるだけなら『乙女』なんて何の価値もない。ただの偶然の産物だ。いくらアルバルトリア国が、長年花の形の痣のある女性を王妃に据え栄えてきたのだとしても、確率の低い事象がたまたま重なっただけ。

それでも、もしもユスティネが選ばれた存在であるとするなら、それは神様などにではない。

――レオリウス様が私を選んでくださったから……！

大好きな人が、唯一の伴侶として選んでくれた。だからこそ、自分も彼を選んだのだ。特別なことじゃない。愛し合う二人が一緒にいるために、掴み取った自然な道だ。

――レオリウス様と歩めないなら『乙女』なんていらない。大切な人を守れないなら、こちらからお断りだわ……！

強張った四肢に力を込め、せめて指先だけでも動かそうと足掻く。口内で張り付いた舌を震わせ、ユスティネは全身全霊を喉に集中させた。

「……ぅ……っ」

何もできないなら、生きている意味もない。

無理に力を込めた全身が痛み、毒の作用なのか意識が霞む。駆け巡る血流のせいで頭が破裂しそうになった。心臓が異常な速さで脈打つのに、呼吸は浅く平板なまま。息苦しくなるまでに時間はかからなかった。

「ユスティネ、無理をしてはいけない……！」

心配してくれるレオリウスの声を振り切り、渾身の力で顎に命令を下す。痛みと苦しさで意識を手放しそう。死に物狂いで絞り出せたのはたった一言。

「……レオリウス様……」

　彼こそが国王に相応しい。そう言いたいのに、言葉が続かない。おそらくレオリウスとグラオザレ以外の耳には届きもしない掠れた小声でしかなかった。けれどユスティネが話せたこと自体が、グラオザレには衝撃だったらしい。

「た、戯言《たわごと》を……今のは無効だ。レオリウスの名前を呼んだから何だというのだ。国王は私。そうであろうっ？」

　ユスティネが必死になって口にした名を自ら広めたことにも気がつかず、周囲の兵たちに同意を求めた。

「私こそ王に相応しい。それなのに昔も今も、何故お前たち『乙女』は……！」

「グラオザレ、お前には最初から王位継承権などない。お前が『乙女』から生まれた息子ではない証拠は既に摑んでいる。――――ルドルフ」

「はい。証人も証拠も揃えております。当時王宮に勤めていた侍女や産婆……先々代国王様が事実を記した書状も入手しました。時間がかかってしまい、申し訳ありません」

　壇上の下には、いつの間にかルドルフが控えていた。今まで貴族席に彼の姿はなかった。大急ぎで駆けつけてきたことは、汗だくの姿や整わない呼吸が教えてくれた。

　一斉に空気が変わる。

　グラオザレに従っていた兵は、レオリウスに向かい膝をついた。貴族の数人は顔色を変えて逃げ出そうとしている。偽の巫女は四人とも腰が抜けたのか、その場に座り込んで泣き出した。

「わ、私たちは国王様の命令に従っただけです……っ、そうしなければ家族諸共殺すと脅されて……！」

巫女たちが、情けなく泣き喚く様に、集まった人々は呆然としていた。もはや、レオリウスの王太子位を取り上げろと騒ぐ者は誰もいない。静まり返った壇上で、レオリウスが大きく息を吸った。

「――今こそ、十五年前の過ちを正し、正統な後継者である僕に玉座を返してもらう」

「レオリウス国王陛下！」

悲鳴に似た歓声が沸き起こり、地響きのように広がってゆく。

意識を手放したユスティネに後はもう何も聞こえなかった。


幸せになるためには、何が必要？

ユスティネの前には優しく微笑む父と母がいた。

安心して眠れる家と、美味しいご飯。だからお金は沢山あった方がいい。少々生意気なことを言う娘の頭を撫でてくれた母が苦笑した。

『そうね、ユスティネの言う通りだわ。でもそれだけでは足りないの』

知っているわ。お金で幸せは買えないと言うのでしょう。だけどお金があれば、不幸を最低限回避できるってお父さんが言っていたもの。

『まったくもう、貴方ったら……ユスティネにそんなことを教えたの？』

『真理じゃないか。僕は綺麗ごとだけを娘に伝える気はないよ。これからの時代、女性はもっと賢くならないといけない。そうでないと、政情が不安定な国で虐げられるのは、いつだって弱い女子供や高齢者なんだから。――アルバルトリア国はこれからもっと酷くなっていく……』

大丈夫よ。お父さん、お母さん。

確かにこの国は悪くなっていくかもしれない。でもいつかは希望が訪れる。私には分かるの。

何年後とは言えないけれど、必ず私たちを救ってくれる人が現れる。だからそれまで頑張ろう？　ああ早くその人に会いたいな……私を幸せにしてくれて、私も彼を幸せにできるはずだから……

『ああ、ユスティネ……叶うなら、貴女にはごく普通の幸福を掴んでほしいのに……』

どうしたの？　お母さん、泣かないで。私なら大丈夫。むしろ出会えない方がきっと不幸だと感じるの。

だからどうか私を見つけてね？　どこにいても。どんな姿であっても。ずっとずっと貴方だけを待っている――

うたた寝から目覚め、ユスティネは慌てて周囲を見回した。

本を読んでいる最中に、一瞬ウトウトしたらしい。そっと視線を上げれば、教師である女性が片眉を器用に吊り上げていた。

「ユスティネ様、最後まで読み終わりましたか？」

「ご、ごめんなさい……寝ていました」

「素直なのは評価して差し上げます。しかし王妃教育中だということを、お忘れなきよう」

太い釘を刺され、反論のしようもない。

ここは王宮内の王妃の部屋。

ユスティネは毎日八時間、みっちりと歴史や語学、礼儀に社交術など王妃となるために必要な教育を受けているのだ。

国民の前でグラオザレを断罪してから半年。

ようやく国は落ち着きを取り戻し始めた。レオリウスの反対勢力も大半が更迭され、今では風前の灯火だ。安易に首を切ったり処刑したりしなかったのは温情ではなく、過去の罪を減刑する代わりに従順な犬にするためだったらしい。

ルドルフが宰相に返り咲いたアルバルトリア国は、十五年振りにまともに機能し始めていた。

だがもう半年でもあり、まだ半年でもある。

変わったことも多いけれど、未だ変化の途上のことも多い。優先順位の高い懸案から処理されていても、手つかずの問題は山積みである。

その中のひとつが、レオリウスとユスティネの結婚式だ。

おめでたいことは一日でも早く国を挙げて祝った方がいいという声も勿論あるが、国王の結婚となれば経費が掛かるし準備に日数や人員を割かねばならない。今のアルバルトリア国に、そんな体力は残されていなかった。

これがグラオザレであれば、税を上げ贅沢の限りを尽くした結婚式を執り行っただろう。

しかしレオリウスもユスティネも、迷わず結婚式を後回しにすることを決めた。

もっとも、正式な式を挙げていないだけで、実質的に二人は夫婦だと国民からは認識されている。

大事なのは二人が想い合っていること。形を整えることは、いつでもできる。むしろ今初めて『恋人』らしい時間を過ごしているのだと思うと、胸の奥が疼くから不思議だ。彼のため――――と思えばやる気が無尽蔵に湧いてくる。

残念ながらユスティネの体力が追いつかないこともあるけれど。

――――もう二度とレオリウス様の地位を脅かされないよう、私が支えないと……！

現在グラオザレは簒奪者、及び国家に対する反逆者として処刑を待つ身だ。地下牢に繋がれ、日々呪いの言葉を叫んでいる。おそらくはもう、正気を失っているのだろう。毎日意味不明のことを喚いているそうだ。

なかなか処刑の日が決まらないのは、グラオザレの罪が多岐に渡るからに他ならない。きっとあと数年はかかるはずだ。どんなに憎い相手であってもきちんと手順を踏んで罰しようとするレオリウスへの国民の信頼は厚い。

しかしグラオザレにとっては、劣悪な環境で生かされることこそ、最悪の懲罰になっているのかもしれなかった。

「――ユスティネ、疲れているのなら休憩するのはどうだい。ちょうど僕も茶を飲もうと思い、誘いに来たんだ」

突然部屋に入ってきた華やかな笑顔の男のせいか、空気がぱっと華やいだ。教師の女性も頬を染め、『陛下がそうおっしゃるなら仕方ありませんね』と束の間の休憩を認めてくれる。見目麗しい彼は、柔らかに微笑みユスティネの前に腰かけた。

レオリウスが玉座に座って半年。すっかり国王然とした振る舞いが板についている。ユスティネにはもう彼が聖職者にも運命に翻弄された王太子にも見えなかった。まるで最初から寄り道することなく王位まで上り詰めたかのようだ。

――それに比べて私ったら、大事な勉強中に寝てしまうなんて……

情けない。王妃として自覚に乏しいと言われても仕方がないではないか。

「そんな顔をしないで、ユスティネ。もともと『乙女』が積極的に政治にかかわる必要はない。勿論知識として身に着けていてほしいことはあるけれど、政治的な駆け引きに携わってほしいとは思っていない。君の役目はあくまでも、僕の傍にいてくれることだ」

急に甘く囁かれ、落ち着かない気分になる。しかも手を取られ、指先にキスをされた。

ユスティネとしては色々な手順を飛ばして夫婦になってしまったので、恋人同士の時間がなく、こういうやりとりに未だ慣れないのだ。

「や、やめてください……先生が見ています」

「安心するといいよ。彼女はもう退室したから」

「えっ？」

言われて室内を見回せば、確かに誰もいない。ユスティネが気づかないうちに、教師も控えていた侍女も全員部屋の外へ出て行ってしまったらしい。

「ど、どうして……！」

「気の利く優秀な使用人たちだ」

ニッコリと微笑んだレオリウスが立ちあがり、ユスティネのすぐ前までやってきた。背の高い彼に座った状態の自分を見下ろされると、圧迫感がある。戸惑い、瞬きしていると、レオリウスがおもむろに膝をついた。

「レオリウス様……っ？」

今や彼はアルバルトリア国の君主だ。誰にも跪く必要はない。まして未だに主従関係から完全には抜け切れていないユスティネは大いに慌て、椅子から腰を上げた。

片膝をついたレオリウスが、おろおろと宙をさまようユスティネの手を取る。そして彼はこちらの手の甲に額を押しつけた。

「ユスティネ——どうか僕と結婚してほしい」

「……っ」

式は挙げていなくても、気持ちの上ではきちんと夫婦のつもりだった。実際これまで何度もレオリウスからユスティネは『妻』と呼ばれているし、周囲からもそう扱われている。だから求婚などいまさら——という気持ちもあった。

しかしそれ以上にはっきり言葉にしてくれたことがどうしようもなく嬉しい。

それにこれは命令ではない。拒否権のない強制ではなく、懇願されているのだ。ユスティネの意思を慮り、自分を選んでくれと希《こいねが》われていた。

「頷いてほしい。君にしたことは、一生をかけて償う」

「償いなんて……」

望んでいない。

つい先刻見ていた、束の間の夢を思い出す。もうすっかり忘れていたし考えたこともなかったけれど、本当はずっとユスティネは待っていたのだ。

いつか自分を見つけてくれる人。出会えたなら、必ず幸せになれるし、してみせる。

運命だとか『乙女』だとか関係なく、きっと誰にでも出会うべき人は必ずいる。けれど短い一生の中ではすれ違うことすら難しく、ほとんどの人は大事な誰かに巡り合うことなく、生を終えるのだろう。

だからこれは奇跡に等しい。

本当なら自分たちの人生は決して交わることがなかった。それが沢山の偶然と必然で、今はここにいる。その幸運を、手放す気は欠片もない。

「……ひとつだけ教えてください。レオリウス様はもしも私が『乙女』ではなかったら、いったいどうしましたか？」

「初めは――ユスティネだけは『乙女』じゃなければいいと思っていた。純真な君を僕の苛烈な運命に巻き込みたくなかったからだ……でもユスティネの背中にある痣を眼にした瞬間、そんな殊勝な考えは吹き飛んでいた。――君が僕の伴侶となるべく神から与えられた娘なら、何の遠慮もなく同じ地獄に引き摺り込むことができると――そう、歓喜したんだ……」

こんな僕を恐ろしいと思うか？　と問う彼の眼には、紛れもなく己への恐れがあった。自分の身の内に巣くう獣に、レオリウス自身が怯え戸惑っている。

ユスティネの質問への答えとしては微妙に不充分な回答だ。それなのに、これ以上の答えもないと思えた。

絡みつき、水底へ引き摺り込まれそうなほどの執着心。ユスティネが窒息しないでいられたのはたまたま運が良かっただけ。今日に至るまでにひとつでも分岐を誤れば、きっと悲劇的な結末しかなかったのだろう。

互いに傷つけ合い疲弊し、壊れてゆく様が容易に想像できた。

「……怖くないと言えば、嘘になります。でもレオリウス様は宮殿に戻ってから、明らかに変わりました。神殿にいる間は、私の全てが喰い尽くされそうだったのに、急に少し冷静になられたような……」

考えてみれば敵の本拠地に戻ったのだから、もっとユスティネを囚える檻を頑強なものにしても不思議はなかった。しかし、束縛はむしろ緩んだ気もする。少なくとも一人になれる時間は格段に増えた。おかげで自分も少し落ち着いて考えられるようになったのかもしれない。

「……両親の眠る墓所の前に立って、頭を殴りつけられた気分になった。僕は結局……あれだけ憎んで軽蔑したグラオザレと同じことをしていると気づいたからだ……」

力づくで母を奪い、その意思に反して縛りつけたあのケダモノとまるで変わらない。

大切なものを根こそぎ取り上げ、死ぬことも許さず、道具に貶めて。

「その事実に気がついたら、全身が凍りつくほど冷たくなった。――――同時に分かって尚、君を解放してやろうとは思えない自分の浅ましさに吐き気がした。もう『乙女』かどうかなど関係なく、ユスティネを失いたくなかったから……」

どうでもいい道具であったなら、こちらの心情など気にする必要はなかったはずだ。存分に利用し尽くして、自身の利益だけを貪れば良かった。グラオザレがそうしたように。

ユスティネに対しレオリウスが非情になり切れなかったこと。その事実こそがユスティネの求める答えだった。

──ああ、何て愛おしい。

「貴方こそ、私と結婚してくれますか？」

ユスティネが微笑めば、彼は弾かれたように顔を上げた。

聞き間違いではないことを確認するために、切実な眼差しを向けてくる。その双眸に溢れる愛情を、ユスティネは確かに受け取った。

「私は、レオリウス様を愛しています」

告げる機会が延び延びになっていた言葉を、やっと言えた。

人として憎からず想われている予感はあっても、女として愛されている確信は持てなかった。国が大変な時に個人的な感情を告げる躊躇いもあり、ずっと口にはできなかった一言。

けれど今日がその時だと自然に思えた。

「本当に……？　ユスティネ……僕の傍にいてくれるだけでなく、心もくれるのか……？」

「レオリウス様はくださらないのですか……？」

一方通行ではなく、願わくば同じ想いを返されたい。

「僕の心は、出会った当初から君のものだ。初めて顔を合わせた瞬間から、ずっとユスティネに惹かれていた」

一言ずつ区切るように明言され、ユスティネの全身が歓喜に戦慄いた。人は嬉しくても涙が溢れる生き物らしい。たちまち瞳が潤み、視界が滲んだ。

「では私たち、長い間互いに片想いをしていたようです」

随分遠回りし、傷を負った。けれど自分たちには必要な道程だったのかもしれない。もしも苦しんだあの日々がなければ、たぶんユスティネはここまで晴れやかな気持ちにはなれなかっただろう。

きっと『乙女』だから選ばれたのだと思いつつ、口に出す勇気もないまま、王妃になる決意も固められず諾々とレオリウスの後ろを歩くだけだったのではないか。

そして彼もまた、ユスティネを本当には愛してくれなかった。

「僕はこれから先も、君を愛し続けても許されるだろうか……?」

「いまさら撤回されても困ります。愛してください。レオリウス様が想ってくださった以上に、私は貴方を愛し支えます。二人で、生きていきましょう」

手を繫いで、同じ歩幅で。隣を歩きたい。ユスティネの両親も彼の両親も叶えられなかった、共に年を重ねていつか眠りにつくまでずっと。

そんな未来に向かい努力して日々を重ねることこそ、『普通の幸せ』なのだと今は痛いほど分かる。

「……ありがとう、ユスティネ。君を心から愛している」

「私も……レオリウス様をお慕いしています」

引き寄せられるように唇を重ね、吐息を奪い合った。

初めは触れ合うだけだった口づけが、舌を絡ませる激しいものになるのに、時間はかからない。

互いの髪に指を差し入れ、夢中で相手の口内を貪り合った。

心持ち背伸びしていたユスティネは横抱きにされ、ついさっきまで勉強に耽っていた部屋から奥へ運ばれる。続き部屋のそこは、王妃の寝室だ。

「……レオリウス様、休憩中なのでは……？」

「ああ。だから君に癒してほしい。このところ働きっ放しで奔走していた僕を、褒めてくれ」

昨日まで王家所有の鉱山の視察に行っていた彼は、あまりにも堂々としたおねだりをしてきた。

鉱山で私腹を肥やしていた貴族は既に更迭され、今では正常な運営がなされているらしい。賃金が上がり生活が安定した労働者たちは喜んでいると聞かされ、ユスティネもホッとしていたところだ。

「安全対策に予算をもっと回せるよう取り計らったから、これからは安定して採掘量を増やせる。加工した宝石が貿易の主力になるはずだ」

アルバルトリア国はこれまで資源はあっても、上手く活用しきれていなかった。特にグラオザレの代になって閉鎖性が増したこともあり、宝の持ち腐れになっていたのだ。

それをレオリウスは根本から変えていこうとしている。反発もあるが、少しずつ成果は出始めていた。

「ユスティネに贈る結婚指輪も間もなく出来上がる」

「あまり高価なものは駄目です。その分、困っている人に回してください」

「全く君は……きっとどんな風雨に晒されても、ユスティネはしなやかなまま折れることなく変わらないのだろうな……いや、仮に折れたとしても、新たな芽を育めるのだと思う」

「……褒めていますか？」

呆れとも解釈できる反応をされ、つい眉間に皺が寄った。すると彼は楽しげに笑う。

「勿論。永遠にそのままでいてほしい。もしも僕が道を誤っても、君が正しいまま変わらずいてくれれば、僕は必ず引き返すことができるから……これからも輝く道標として隣にいてほしい」

そんなふうに思ってくれていたのだと、胸が高鳴った。

ユスティネにとっては、レオリウスこそ道を照らしてくれる光だ。常に新しい世界や価値観を教えてくれる、尊敬する憧れの人。

互いを掛け替えのない存在だと認識できることは、この上ない幸せだと思う。

「それに希少石を掘り出し、研磨し、指輪に仕立て上げるには、沢山の人々の手が必要だ。当然それらの過程では報酬が発生する。技術の習得にもなるだろう。経済を盛り上げるには、清貧ばかり掲げていては、回らなくなってしまうよ」

「そ、それは確かに……」

全ての人が自粛すれば、困ってしまう職業もあるはず。質素倹約こそ美徳と考えていたユスティネは、眼が覚める思いだった。

「私が浅薄でした。申し訳ありません、レオリウス様」

「ユスティネは本当に素直だね……そこが可愛いのだけど、時折心配にもなる」

「え？　……んんっ」

ベッドに下ろされ、その勢いのまま口づけられた。

背中に感じるのは広いベッドの柔らかさ。大人二人分の体重を受け止めても、軋むことはなかった。

「――君を抱きたい」

愛する人からの直球の口説き文句に抗える人がいるなら、お眼にかかりたい。まして自分も触れてほしいと感じていたならなおさらだ。レオリウスが鉱山に赴いていた二週間余りは、寂しさを噛み締める毎日だった。

本当は誰よりもユスティネ自身が彼に抱きしめてもらいたかったのだと実感する。

「聞かないでください……」

「僕は君に無理強いを二度としないと決めている。ねぇ、ユスティネ。いいと言って？」

ユスティネは真っ赤になって頷き、自ら彼にキスをした。それが精一杯の返答だ。

「……君からされるキスは、一際甘い気がする……」

もどかしく服を脱がせ合って、ベッドの上で戯れる。触れた肌がたちまち熱くなり、敏感になってゆく。

濡れた吐息をこぼす頃には、二人の肌はしっとりと汗ばんでいた。

「――この花の形をした痣は、生花よりも香しい芳香を放っている」

「ん……っ、そんなはずありません」

「では僕だけが酔わされるらしい」

ユスティネの背中にある痣に口づけたレオリウスが、舌先でそこを擽った。ゾクゾクする愉悦が込み上げ、ユスティネは小さく喘ぐ。

――匂いなんてするわけがないけれど、痣の部分は感覚が鋭敏になっているかもしれない……

その証拠に彼に触れられるととてつもなく気持ちがいい。声を抑えられなくなり、涙が滲んだ。思いが通じ合って以来、殊更顕著になった変化だ。

――ああ、そう言えばグラオザレに舐められた時には、嫌悪しかなかったのに……

嫌な記憶を掘り起こしてしまい、忘れるためにユスティネはレオリウスがくれる快感に没頭した。厭わしい過去など、思い出す必要はない。今この瞬間を大切にすればいい。

「もしかしたら僕ら王位継承者は、『乙女』の匂いを嗅ぎ分けられる嗅覚があるのかもしれない。だとしたら歴代の国王は、まるで花にたかる虫だね」

まんざらでもない様子で言った彼はユスティネを抱き起こし、仰向けにさせた。見上げ

いるわけがない。

た視界には銀の髪に碧の瞳の美しい男性。こんなに見目麗しく人の心を掻き乱す虫など、

「私……虫はあまり得意ではありません」

「ふふ、それじゃあ僕は庭師だ。綺麗な花を愛で守るために、命懸けで傅《かしず》くよ」

傅かれたいわけでは決してないが、レオリウスが惜しみなく愛情を注いでくれるなら、きっとユスティネはこれからも誇らしく咲き続けられる。時に萎れることがあっても、枯れることはないだろう。

熱を帯びた掌に乳房を揉われ、甘い愉悦が呼び覚まされる。自分で触れても何も感じないのに、彼と触れ合う時だけ、何故こんなにも心も身体も潤むのか不思議だ。けれど当たり前だと思う自分もいた。

魂の凹凸がピタリと重なる充足感。初めから二人でいることが正しい気がしてくる。

とても幸福な思い込みを訂正する気にはなれず、ユスティネは流されるままレオリウスから与えられる喜悦を味わった。

「……っあ……」

乳房の頂をちゅうっと吸われ、痛みと疼きが混在する。だがすぐに淫悦だけがユスティネの肉体を支配した。

「は、恥ずかしい……っ」

「恥じらう君も可愛い」

咄嗟に顔を覆った両手は優しく外され、指を絡めて手を繋がれた。

自分より圧倒的に大きな身体に包みこまれるのは、どこか安心する。もっと密着したい欲に従い、ユスティネは拙い誘惑を視線にのせた。

ただ濡れた眼差しを控えめに向けただけ。精一杯の媚態は、それでも彼を昂らせることに成功したらしい。

「……っ、僕の理性を試しているの？」

ゴクリと上下した喉仏がひどく淫猥で、ユスティネの方がドキドキする。男性的な色香にあてられ、すっかり思考力は麻痺していた。

もっとレオリウスとくっついていたい——そんな淫らなことしか考えられず、欲望のまま微かに顎を引いた。

「悪い子だな……」

滾る息を吐き出して、彼の双眸に揺らぐ情欲が更に火力を増したのが見えた。

ユスティネは優しいレオリウスが好きだが、余裕を失う彼も嫌いじゃない。それだけ自分を欲し、熱烈に求めてくれている証だと感じる。理性と欲望の狭間で葛藤するレオリウスを前にすると、女としての矜持が刺激される心地もした。

絡めていた指を少し動かし、彼の手を愛撫する。摩るだけの動きが、こんなにもいやらしい意図を孕むなんて、かつてのユスティネなら知る機会もなかった。

全部レオリウスと出会い、教えられたことだ。

「ユスティネ……君の可愛い声を聞かせて」

曝け出した肌が重なるだけで気持ちがいい。敏感な場所を辿られれば余計に我慢などできない。言われるまでもなく、ユスティネは漏れ出る嬌声を嚙み殺せなくなった。

「……っ、ぁ、あんッ」

脚の付け根のあわいを上下に摩られ、甘い愉悦に背筋が粟立つ。滲んだ蜜を掬い取った指先が花弁を割り淫路に潜り込めば、快楽の芽が一斉に顔を覗かせた。

「もうこんなに熱くぬかるんでいる……」

蜜窟を男の指に解され、淫らな水音が掻き出された。耳から入り込む淫音は、まるで媚薬だ。妙な薬など使わなくても、あっという間にユスティネの全部が蕩けていった。

体内から溢れる潤滑液がレオリウスの手を艶めかしく濡らし、テラテラと輝かせる。彼が見せつけるように透明の蜜に塗れた指先を舐めると、ユスティネの下腹が痛いほど収縮した。

「舐めては……駄目……っ」

「どうして？　嫌？」

「は、恥ずかしいから……っ」

そんな当たり前のことを聞かないでほしい。本当はこうして身体を見られることも未だ慣れないのだ。しかも今は昼間。改めて思い至った事実に、ユスティネは顔から火を噴く心地がした。

「恥ずかしいだけ？　痛いとか不愉快だとかではない？　――だったら、やめないよ」

「え……っ」

「だってユスティネの身体はこんなに悦んでいる」

とぷりと音がしそうなほど秘裂に深く指を沈められ、ユスティネの肢体がひくついた。肉壁をゆったり掻かれ、快楽が膨れ上がる。

熟れた内襞はレオリウスの指を卑猥にしゃぶり、蠢いた。

「んぁ……ッ、やぁ……！」

「内側が騒めいているのが分かる？　……嬉しいな。ああもっとユスティネを気持ちよくさせてあげたいのに、早く入りたくて仕方ない」

うっとりと呟く彼は舌なめずりせんばかりに、身悶えるユスティネの痴態を熱心に見下ろしてくる。ひとつも見逃すまいとする視線は、焦げつきそうなほど熱く燃えていた。

「ぁ……っ、わ、私も……早く貴方と……っ」

それ以上いやらしい台詞は流石に言えず、ユスティネは言い淀む。

あまりにも直截的なことを口走ろうとした自分が信じられない。いつからこんなに淫らに作り替えられたのだろう。けれど紛れもない本心だった。

レオリウスを求める心が飽和する。破裂しそうな渇望を宥めるのも、もう限界だった。これ以上焦らされたら、もっととんでもないことをねだってしまいそうで怖い。そんなユスティネの最後の理性を剥ぎ取るように、レオリウスが耳元で囁いた。

「――僕が欲しいと言って。ユスティネ……」

甘い美声に抗えない。

頭の芯が痺れ、羞恥心は砕かれた。

「ほ、欲しい……っ、レオリウス様が欲しいの……！」

涙をこぼしながら小刻みに頷けば、望みのものはすぐに与えられた。

「ひ……っ、ぁ、あ」

彼の楔で一息に貫かれる。最奥をいきなり抉られ、ユスティネの眼前に光が散った。

「ああ……ユスティネ、愛している」

その一言で初めから強く揺さぶられても許せてしまうのだから、自分はすっかりレオリウスの虜になっている。身も心も囚われて、離れられないことを歓迎していた。

「ぁ……っ、あぁっ、んぁ……っ」

荒々しい律動で視界が激しく上下する。揺れる乳房を捏ね回され淫芽を摘まれると、いっそう快感は大きくなった。汗が飛び唾液を交換するキスに溺れる。何もかもが気持ちよくてくせになりそう。

始まりは彼によって不本意に囚われ、ユスティネはあらゆる自由を奪われた。外界と断絶され、不安と恐怖に押し潰されそうだった先の見えない日々。けれど今は、扉が開いていても外に出ようとは思わない。

仮にここが堅牢な檻だとしても、ユスティネは自らの意思で留まることを選ぶだろう。

大好きなレオリウスの隣はあまりにも心地いい。他に自分の居場所など、世界中探してもどこにもない。彼の腕の中こそ、自分にとっての楽園だと断言できた。

「ぁああ……っ」

悦楽が大きくなる。

両脚を抱え上げられたせいで結合が深くなり、剝き出しになった花芽を擦られた。肉を打つ打擲音と掻き鳴らされる水音。室内にいやらしい空気が充満する。

絡み合う二人の身体は同じ速度で揺れ、共に高みを目指して駆け上がった。

「僕だけの……っ、ユスティネ……！」

「あぁぁ……ッ」

ユスティネの内側が痙攣し、ぎゅうぎゅうにレオリウスを抱きしめた。一拍遅れ、彼が欲望を解放する。体内に注がれる白濁の迸りが、ユスティネの子宮を叩く。その淫らな感触に絶頂から下りてこられない。

何度も四肢を戦慄かせ、最後の一滴までレオリウスの子種を飲みほした。

「……ぁ、あ……」

「……愛している」

額に触れる彼の唇の熱さは覚えている。

幸福を嚙み締めながら、ユスティネは愛しい人の腕の中で眠りに落ちた。

終幕

「おめでとうございます。間違いなくご懐妊です。お生まれになるお子様は、いずれアルバルトリア国を率いて更なる繁栄をもたらす賢王となられるでしょう」

微笑み頭を下げたのは、まだあどけなさの残る少女だった。しかし身に着けた服は、王室付きの巫女だけが着用を許される特別なものだ。

「流石だな……まだ医師ですら断言はできないと言ったのに、そこまで分かるのか」

褒められ、照れくさそうにはにかんだのは、一年前レオリウスの指示でグラオザレを追い詰める切り札の役割を果たしたシエラだった。

彼女はあれ以来、王宮に留まって巫女として勤めてくれている。ユスティネとも年が近いおかげか、ちょうどいい話し相手になっていた。未だに『恐れ多い』と言い畏まっているけれど、最近では笑顔で雑談にも付き合ってくれている。

「私たちの仕事は、主に『乙女』様を支えお助けすることですから……当然のことです。

このようにユスティネ様のお役に立てて、本当に嬉しいです」

　誇らしげに言うのは、本心からの言葉だからだろう。母親に幼い頃から言い聞かされ、シエラは『乙女』の傍で自分の力を尽くせることに誇りを持っているらしい。それ故、ユスティネと出会って間もなくの頃は、緊張してまともに眼も合わせられなかったそうだが。

「とにかく、ありがとう。これからもユスティネの良き友人として彼女に接してほしい」

「もったいないお言葉です……！」

　恐縮しきりの彼女を見送り、レオリウスは隣に座る妻の肩を抱いた。

　やっと国がある程度落ち着き、結婚式を挙げたのはひと月前だ。二人きりの新婚期間をもっと楽しみたかった気持ちもあるが、これはこれで悪くない。

　ユスティネとの子供なら何人だってほしい。男でも女でも可愛いに決まっていた。

「……私が母親になるなんて、不安ですがとても嬉しいです……」

　頬を薔薇色に染めた彼女が、早くも愛おしげに自らの腹を撫でた。そこはまだ平らなままで、命が宿っているとは到底信じられない。しかし確かに、いずれこの世に生まれてくる小さな宝物がいるのだ。

「安静にして、元気な子を産んでほしい」

「はい。私、頑張ります」

　あまり気負われるのも不安なのだが、輝くばかりの笑顔で答えるユスティネに愛おしさが込み上げ、レオリウスは彼女にキスをした。

正式に妻となっても、ユスティネの愛らしさは微塵も変わらない。

——僕と彼女の間に子供ができたということは、本当の意味で国王たる器として認められた気持ちになる……

始まりが酷いものだったから、不安が全くなかったと言えば嘘になる。レオリウスには、叔父と同じ罪を自分も犯した自覚は、充分あった。だからもしも二人の間に命が育まれなかったとしたら——と本当はずっと怯えていたのだ。

——真実僕は、あのケダモノと同じ血を引いている。

欲しいものは強引に奪い取って、支配しようとする点も、相手の意思など無視して力づくで繋ぎとめようとするところも。

吐き気がするほどそっくりだ。

己を正当化し、肥大した執着心に一歩間違えればレオリウスも食い尽くされていた。

最悪の結果を回避できた要因はひとつだけ。

ユスティネがレオリウスを愛し、選んでくれたこと。その唯一の理由により、自分はグラオザレとは別の未来に進むことができたにすぎない。そうでなければきっと、あの男と同じように破滅の道を突き進んだだろう。

アルバルトリア国の国王になれるのは、『乙女』を手に入れた者。正確に言うなら、『乙女の心』を手に入れた者だ。

その一点を誤れば、待ち受けるのは悲劇のみだった。

「……愛している、ユスティネ」

――だからどうか、永遠に僕を愛してほしい。

それ以上にレオリウスはユスティネに愛を注ぐ。

もしも彼女を失えば『乙女』の加護を失う以前に、きっと自分は狂ってしまう。そしてアルバルトリア国を滅ぼし尽くすに違いない。

己から大事な彼女を取り返す神などいらない。そのラスアルヴァ神に守られた国も不要だ。

自分が暴走する未来が容易に垣間見え、レオリウスはうっそりと笑った。

もしも、と想像の羽を広げる。

隣にいるのがユスティネ以外の『乙女』だったら、自分はこの国を取り戻した後は抜け殻になっていたに違いない。求められる役割を果たすだけの人形として一生を終えたと思う。もしくは――

――僕こそがアルバルトリア国の歴史に幕を引く、最後の王になった可能性もある。

母との約束がなかったら、こんな国はどうなってもかまわない。

破壊衝動を隠し持つ自分は、やはりグラオザレと似ている。

あの男を許すつもりも減刑するつもりもないけれど、ひとつだけ感謝したいことはあった。身をもって、『乙女』を蔑ろにして手酷く扱う愚かさを教えてくれたことだ。

今や地下牢に囚われている男を思い、レオリウスは誰にも見られぬよう口の端を吊り上げた。

初めは威勢よく悪態を吐いていたらしいが、甥が一向に顔も見せないことで情緒不安定になっていると報告を受けている。

処刑するならしろと喚いていたくせに、あまりにも放置されるものだから不安が募ったに違いない。

それでいい。

いつ訪れるか分からない――けれど必ずやって来る断罪の日を恐れ、怯えて暮らせばいい。明日かもしれないし、今日次の瞬間かもしれない。微かな物音にすら震え、眠れない日々を過ごさせること――それこそがレオリウスの復讐だった。

法に則ってあの男には罪を償ってもらう。しかし最大限に苦しんでもらわねば、自分と母の十五年間と釣り合いが取れないではないか。

――やがて刑場に引き出された暁には、復興を遂げたこの国を眼にし、屈辱に塗れた死を与えてやろう。

自分とよく似た、それでいて裏表の存在であるグラオザレ。

通じるものがあるからこそ、優秀な兄に嫉妬し、その妻に歪んだ愛憎を抱いたことも理解できる。けれど共感も同情もするつもりはなかった。

哀れな男の存在は、悪い手本としてレオリウスの役に立ってくれた――それだけだ。

レオリウスは彼と同じ過ちは決して犯さない。

欲してやまない相手を恐怖や暴力で屈服させるのではなく、ドロドロに甘やかして溢れんばかりの愛情で包みたい。そうしてユスティネから愛され続けるのだ。

「私も……レオリウス様を誰より愛しています」

彼女は暗闇を這いずる獣である自分に見える、唯一の光。

幸せな未来を思い描き、レオリウスは愛しい妻を腕に閉じこめた。

あとがき

こんにちは。山野辺《やまのべ》りりです。

今回は久し振りに『ちょっと酷《ひど》めの話』を書かせていただきました。

運命という名に縛られて、気持ちを置き去りにされたまま囚《とら》われてしまうヒロインと、大義名分を得て暴走してゆくヒーローとの愛憎劇です。

普通、ほんのり恋心を抱いている相手と結ばれる定めだと言われたら嬉しいですが、そう簡単に気持ちは割り切れないし追いつかない。

けれど状況はどんどん激変し、逃げられなくなって行くという閉塞感《へいそくかん》や戸惑いを楽しんでいただけたら幸いです。

ちなみに私が一番書きたかった『性的にけしからん聖職者』にOKを出してくださった担当様……ありがとうございます。

大満足です。とても楽しかった……！

自分の『好き』を存分に詰め込みました。皆さんが引かずについて来てくれると信じている……！

そんな私の萌えはともかく。

白崎《しろさき》先生からいただいたラフがね……最高だったのですよ……

キャラクター案として幾つか髪型などのバリエーションを描いてくださったのですが、そのどれもが素晴らしすぎて、選べないという。

私は本文中で容姿の説明を最低限しかしないので、イラストレーター様にお任せな部分があるのですが、『ふわぁああ』となるほど想像をはるかに超えたキャララフでした。

結果、特に気に入ってしまった二案から選べなくなり、ヒーローの髪型を途中で変えよう！　加筆させてください！　ということになりました。

つまり白崎先生のイラストを2パターン見たいがために、本文を変えました。

何て有意義な改稿。

今から完成が楽しみでなりません。

白崎先生、ありがとうございます。

この本の完成に携わってくださった全ての方、物流の関係者や書店員さん全員にも最大限の感謝を。

疫病の流行によりこれまでのライフスタイルを送ることは難しくなりましたが、そんな中でこの本を手に取ってくださった読者の皆様……本当に本当にありがとうございます。

読書って楽しいな、と感じていただけたら、こんなに嬉しいことはありません。

自粛期間、私の積読もかなり消化されました。

いつか読もうと思っていた資料も眼を通せたので、その点は良かったかな。

何より、友人や家族とする外食やお喋りが、どれだけ大事なものだったのかを思い出させてくれました。

当たり前なことなんて、何もなかったですね。

だから今はあらゆることに感謝したい気分です。

普通だと思っていたことも全て、見えないところで誰かが支えてくれていたのだと知れたことが、大きな収穫です。

ちなみに毎回、登場人物たちは幸せにしてあげたいなぁと思っているのですが（これでも、一応。異議は却下します）、最近はその気持ちが特に強いかもしれません。

悪役だって、できれば幸せにしたい。何故か不幸になりがちだけど。不思議。

きっと同じような選択を迫られた時に、どんな道を選び、何を感じるかで未来は変わるのだと思います。

願わくば、皆さまがより良い充実した未来を摑みとれますように。

私も頑張ります。

それでは、またいつかどこかでお会いできることを願って。

ここまでお読みくださり、ありがとうございました！

Sonya
ソーニャ文庫

この本を読んでのご意見・ご感想をお待ちしております。

◆ あて先 ◆

〒101-0051
東京都千代田区神田神保町2-4-7 久月神田ビル
㈱イースト・プレス　ソーニャ文庫編集部
山野辺りり先生／白崎小夜先生

堕《お》ちた聖職者《せいしょくしゃ》は花《はな》を手折《たお》る

2020年7月3日　第1刷発行

著　　者　山野辺《やまのべ》りり
イラスト　白崎小夜《しろさきさや》
装　　丁　imagejack.inc
D T P　松井和彌
編　　集　葉山彰子
発 行 人　安本千恵子
発 行 所　株式会社イースト・プレス
〒101－0051
東京都千代田区神田神保町2－4－7 久月神田ビル
TEL 03－5213－4700　FAX 03－5213－4701
印 刷 所　中央精版印刷株式会社

ISBN 978-4-7816-9677-5
定価はカバーに表示してあります。

Sonya ソーニャ文庫の本

『**恋縛婚**』 山野辺りり

イラスト 篁ふみ

Sonya ソーニャ文庫の本

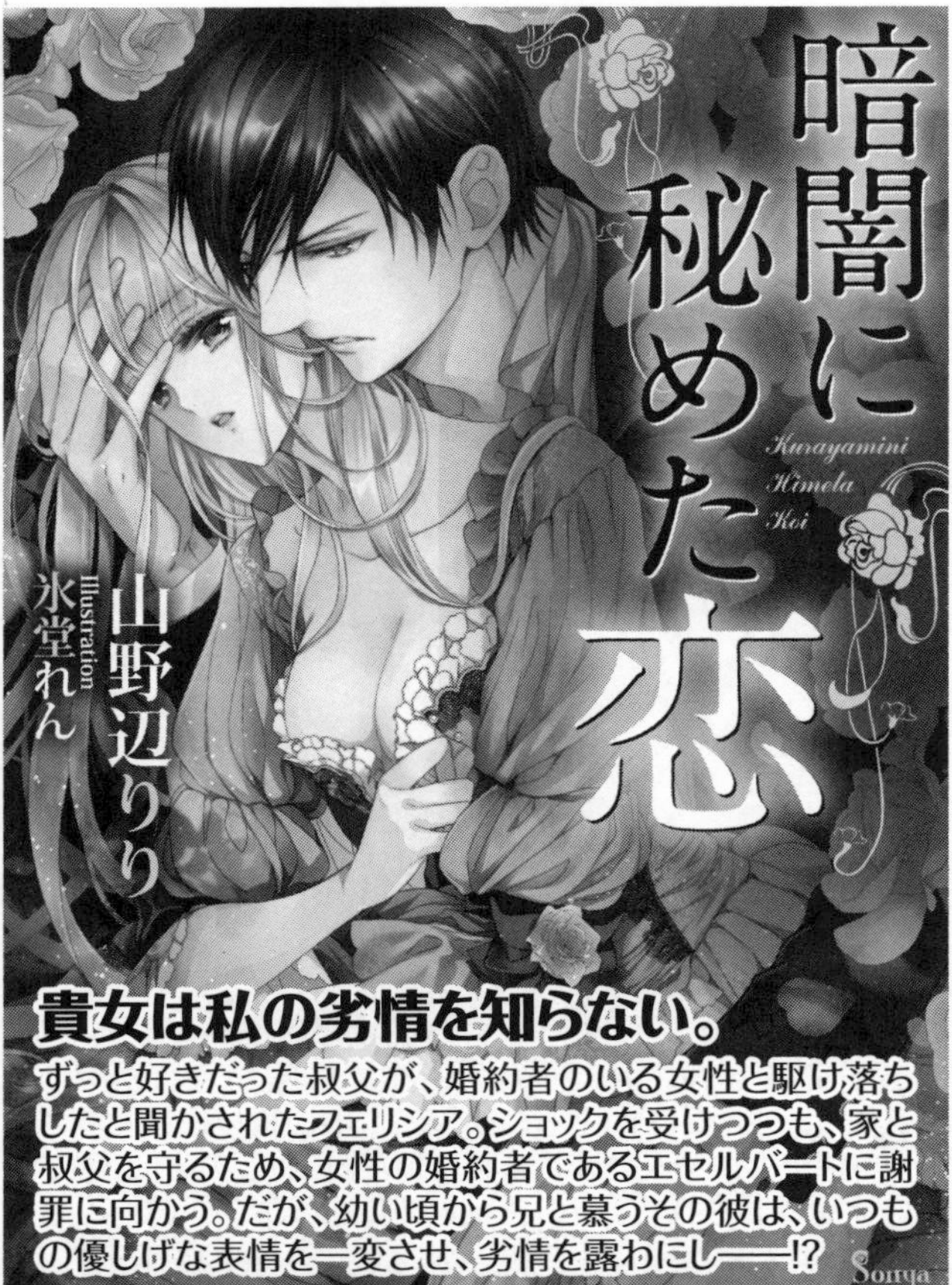

『暗闇に秘めた恋』　山野辺りり

イラスト 氷堂れん

Sonya ソーニャ文庫の本

『魔女は紳士の腕の中』 山野辺りり

イラスト 幸村佳苗

Sonya ソーニャ文庫の本

穢して、ただの女にしてあげる。

閉ざされた島の教会で、聖女として決められた役割をこなすだけだったルーチェの日常は、年下の若き伯爵フォリーに抱かれた夜から一変する。十三年振りに再会した彼に無理やり純潔を奪われ、聖女の資格を失ったルーチェ。狂おしく求められ、心は乱されていくが——。

『咎の楽園』　山野辺りり

イラスト　ウエハラ蜂

Sonya ソーニャ文庫の本

『**新妻監禁**』 山野辺りり

イラスト 氷堂れん